Dominando a Susan
Primera Parte
(Dominación Erótica)
Por
Erika Sanders
Serie
Dominando a Susan Vol. 1 a 5

Sinopsis

Susan, después de acabar la universidad va hacia su primer trabajo, un empleo proporcionado por un amigo de la familia, Robert, que siempre ha tenido un especial deseo hacia la hija de su amigo.

Este deseo especial es conseguir que Susan esté bajo su dominación...

Esta publicación contiene una serie de fuerte contenido erótico BDSM, donde relato las aventuras de Susan en su faceta de sumisión.

Novelas de alto contenido BDSM romántico y erótico.

Contiene los siguientes volúmenes:

1 – El nuevo trabajo

2 – Las reglas

3 – Juguete nuevo

4 – La habitación de castigos

5 – Reunión con los amos

Nota sobre la autora:

Erika Sanders es una conocida escritora a nivel internacional, traducida a más de veinte idiomas, que firma sus escritos más eróticos, alejados de su prosa habitual, con su nombre de soltera.

Índice:

DOMINANDO A SUSAN
PRIMERA PARTE
(DOMINACIÓN ERÓTICA)
POR
ERIKA SANDERS

PRÓLOGO

Robert es un maduro hombre de negocios exitoso, casado y con un hijo de la misma edad que Susan.

Sus familias han sido amigos cercanos durante muchos años y él la había visto convertirse en una joven encantadora.

Él siempre había mostrado una amistad abierta hacia la chica y, a lo largo de los años, la había hecho consciente de su afición por ella.

En secreto, su relación amistosa y su cariño por la chica ocultaban sus muchos deseos oscuros, sin ninguna oportunidad de hacerlos realidad.

Su sumisión total hacia él era el único sueño, en sus pensamientos más oscuros y que deseaba que se hicieran realidad.

Susan es una chica, recién graduada, con un título en negocios en su mano y ansiosa por experimentar el mundo.

A punto de comenzar su primer trabajo real, un puesto ofrecido por Robert, amigo de la familia, por respeto a su padre y reconocimiento de sus habilidades.

Pero también, sin que ella lo supiera, alimentado por su deseo de poseerla.

Ella es una chica agradable, sensual pero dulce que ha tenido el mismo novio, Peter, desde su primer año de universidad.

Son aventureros, pero nunca perturban su mundo.

Ella sabe lo que quiere, o cree que lo sabe, pero realmente es bastante obediente dejando que otros la guíen por los caminos de su vida.

EL NUEVO TRABAJO

Se para frente al edificio, y sus ojos contemplan la fachada de acero y vidrio.

Observa a todos los hombres y mujeres bien arreglados y apresurados entrar y salir de la entrada.

Mira su propio traje de falda corta, reanuda el paso, y entra.

Se siente pequeña y un poco intimidada por los hombres que se elevan por encima de su estatura de un metro sesenta mientras sube al elevador y entra en el negocio de su nuevo empleador.

Mirando a su alrededor, lo ve en el mostrador de recepción hablando con una bomba de mujer rubia y riendo coquetamente, y su sonrisa iluminando su rostro mientras la gira hacia ella.

Ella se sonroja sin saber por qué y se mueve hacia él con los tacones haciendo clic en el suelo de baldosas.

El brazo de él le rodea protectoramente sus hombros mientras la presenta a la chica del escritorio.

"Anne, esta es mi pequeña Susy!"

Ella se sonroja, luego se endereza y extiende su mano.

"Hola, en realidad mi nombre es Susan, gusto en conocerte".

Él la dirige con la mano constante sobre su hombro a varios departamentos y a otros ejecutivos.

La presenta como Susan, por lo que está agradecida, y que quiere poner sus mejores maneras en este mundo de gran rivalidad.

Ella permanece cerca de él durante toda la mañana tratando de memorizar una gran variedad de nombres antes de que finalmente la lleve a su suite de oficina.

Él la muestra el escritorio en la antesala que será suyo la mayor parte del tiempo que ella esté aquí.

Ella guarda su bolso y pasa los dedos suavemente sobre los muebles bien elegidos.

Es llevada a su oficina donde él le señala con la mano a los opulentos muebles oscuros, todos de cuero y caoba.

"Y aquí es donde trabajo".

Dejando su lado por primera vez, él se sienta en su escritorio.

Ella se siente extrañamente sola parada en esta gran oficina ante él.

Tomando algunas llaves, continúa hablando:

"A la izquierda, detrás de la salita de recreo, encontrarás una puerta a una pequeña cocina. Esta a menudo entretiene a los clientes. El refrigerador de la barra debe permanecer abastecido siempre con lo que aparece en la lista, y además hay un menú. Debes aprender a cocinar todos los platos, en caso de que el cocinero no esté disponible. Lo pondré en tu programa de entrenamiento ".

Se había movido rápidamente detrás de ella empujándola hacia la puerta y abriéndola.

Con los ojos muy abiertos y sobrecogida por el tamaño de la compañía y las oficinas que poseía, todo lo que puede hacer es asentir tontamente.

"Eso será así. "

"Sí, señor", dice él con una sonrisa, pero la severidad de su voz la sacude.

"Sí, señor ". Ella responde automáticamente.

Tomándola del brazo, él se mueve fuera de la cocina y la lleva a otra alcoba con la puerta en la misma pared.

"Y este es mi baño privado, puedes usarlo, pero solo con mi permiso, ¿entiendes, Susy?"

Ella asiente de nuevo sin palabras ante la opulencia de este baño, recuperándose cuando lo siente ponerse rígido, balbuceando:

"Sí, señor".

Él sonríe ante su obediencia.

"Utilizará el baño de empleados en el pasillo si tiene necesidades y yo no estoy aquí"

Ella es más rápida esta vez.

"Sí, señor".

En el otro lado de la habitación, dos alcobas similares con puertas que él les muestra.

"Esta es una sala de reuniones privada", ella mira rápidamente mientras él la apresura "... y aquí es donde descanso si necesito pasar la noche en la ciudad ".

La habitación estaba oscura y se vislumbraba una gran cama con dosel y bancos extraños en la gran sala.

Apenas tuvo tiempo de percibirlo antes de que le cerrara la puerta.

La lleva de vuelta a su escritorio, enciende la computadora y le muestra el servicio de mensajería personal desde su oficina a su computadora que siempre debe estar encendida y abierto.

Contento con los "Sí señor" apropiados en los momentos correctos y su inclinación natural a ser servicial, la deja en el escritorio para que se familiarice con su nuevo entorno.

Él pone a prueba su atención enviándole pequeños mensajes instantáneos y se sonríe ante sus respuestas inmediatas mientras ella lee las tareas y los distintos horarios que le quejaron en su escritorio.

LA OCUPACIÓN REAL

Él fue paciente y amable mientras ella se familiarizaba con su nuevo trabajo dentro de su compañía.

Hablaba con ella a menudo a través de la pantalla de mensajería instantánea durante los momentos en que no estaba en reuniones, o fuera de la empresa, preguntándole acerca de su familia, amigos, por cómo iban las cosas con su novio, haciéndola sentir a su vez su cariño e interés genuino en su vida.

Durante las primeras semanas, muy ocupadas de su entrenamiento, se tomó el tiempo de consultar con ella y ajustarle el horario si fuera necesario, convirtiéndose en su mentor, su amigo y, a veces, una figura paterna severa.

Bromeaba con ella, jugaba y charlaba amigablemente.

Las conversaciones poco a poco se volvían más íntimas a medida que pasaba el tiempo.

Jugaron a verdad o reto, a menudo, a través de la computadora, y en el juego sus preguntas se volvieron más personales y directas.

Luego se detuvo mientras leía su última respuesta.

Había esperado que sucediera algo así, pero nunca esperó realmente que sucediera.

Aquí estaba jugando a la verdad y aquí estaba la ocasión de atreverse con ella otra vez.

Ella siempre elegía la verdad ... y acaba de confesar una nalgada de su novio, y que le había gustado.

Con eso, iba a comenzar a hacer realidad su sueño.

Sabía que probablemente nunca volvería a jugar a esto con él de nuevo, y casi retrocedió, pensando que ella quería dejar de hacerlo, o peor aún, decírselo a alguien de la compañía y luego a su familia.

Sin embargo, tenía que seguir adelante.

Su deseo sostenido por mucho tiempo lo condujo, y comenzó a escribir.

Ella no había elegido atreverse, pero él continuó escribiendo...

***

"Te reto a que me dejes azotarte, Susy".

Ella fijó la vista, no podía creer lo que estaba leyendo.

Se había acercado a él, lo adoraba y la forma en que la cuidaba y la hacía sentir tan especial, casi como su fuera su padre.

Quizás estaba bromeando con ella otra vez, sin creer lo que ella le había contado sobre su cita la noche anterior.

Su mente dio vueltas al pensar en cómo se había sentido recibiendo una nalgada por parte de su novio y se retorció en su asiento al darse cuenta de que necesitaba responder.

Miró fijamente la pantalla, el cuadro de mensaje estaba en blanco, de momento, esperando su respuesta.

***

Él comenzó a asustarse, pero luego vio que ella estaba escribiendo.

Su corazón latía rápido, y se asustó el pánico, antes de que finalmente viera lo que ella estaba escribiendo.

"Sí señor."

Tecleó rápidamente, empujándola a actuar a ella y a su suerte:

"Entonces entra en mi oficina y cierra la puerta. Cuando entres a mi oficina obedecerás todas mis órdenes, te acostarás sobre mi regazo sin hablar y te someterás a mis nalgadas".

***

Ella parpadeó ante su respuesta.

Este juego se estaba volviendo serio, pero era solo un juego, ¿verdad?

¿La estaba probando?

¿Debería retroceder?

Ambos estaban nerviosos y tensos por sus propios motivos, pegados a la pantalla de la computadora.

Ella no quería ser la primera en retroceder y que él se burlara de ella.

Ella escribió:

"Sí, señor".

* * *

"Entonces ven a mi oficina, Susy, y cierra la puerta".

No hubo respuesta, pero ella entró rápidamente a su oficina y cerró la puerta como un conejo asustada, incrédulo de lo que acababa de aceptar, pensando que todavía estaba jugando con ella.

Se sentó aparentemente impasible mientras su cuerpo le dolía por ella, al ver su miedo, la confusión y el calor en sus ojos que la hizo continuar.

"Mi regazo espera"

Ella dio un paso adelante y él levantó la mano, se detuvo a medio paso.

"Estuviste de acuerdo en obedecerme entrar en esta habitación, ¿no?"

Visiblemente temblando, ella susurró:

"Sí, señor".

Él señaló el suelo, se estaba envalentonando, y gruñó,

"Arrástrate hacia mí".

Observó cómo veía las emociones jugar en su rostro, renuencia, miedo, temor, emoción y finalmente sumisión.

Dejó escapar el aliento que estaba conteniendo mientras veía el comienzo de su sueño hacerse realidad, su pequeño cuerpo cayendo de rodillas y luego a sus manos mientras ella comenzaba a gatear hacia él.

Sintió que su polla se agitaba al verla.

Era suya finalmente, aunque solo fuera por esta tarde.

* * *

No podía creer que estaba haciendo esto, este hombre que había conocido toda su vida estaba a punto de azotarla realmente.

El juego había ido demasiado lejos, pero ¿por qué no lo estaba deteniendo?

¡Ella se da cuenta de que lo quería!

Oh, Dios, ¿ella lo quería?

¿Había algo mal con ella?

¿Por qué se sentía así?

Sus ojos se clavaron en su fuerte cuerpo en su gran silla cuando ella alcanzó sus pies y deslizándose como una serpiente se movió en su regazo.

Sabía que estaba mal, pero no podía evitarlo.

Sin palabras, sin discusión, sin acariciarla por ser una buena chica, la mano se estrelló contra su trasero con fuerza, y ella chilló.

* * *

Miró al hermoso ángel que se arrastraba hacia él, su mente yendo a los lugares más oscuros y teniendo que retroceder, tan joven e impresionable que no se da cuenta de su valía.

Él usaba toda su fuerza de voluntad para permanecer impasible mientras ella se desliza sobre su regazo, seguro de que puede sentir esta dureza en su estómago mientras él le levanta la falda, revelando una tanga rosa, levanta la mano y la golpea con todas sus fuerzas.

Si solo por esta vez la disfrutara.

Observa cómo sus músculos tensos se ondulan bajo el ataque y las huellas su mano brillan en rojo sobre su piel blanca.

Ella chilla y jadea:

"Ohhhhh esoooo dueleeeeee".

Ella chilla y retuerce sus piernas pateando cuando él la azota de nuevo profundamente.

* * *

Pierde la cuenta de los azotes mientras el dolor llena su pequeño cuerpo y la calienta.

Se da cuenta del calor que comienza en su pequeño coño y la humedad en sus muslos mientras la azota.

Perdida en su calor y necesidad de gritar, pequeñas lágrimas surcan sus mejillas.

* * *

Su mano se adormece mientras la azota con fuerza saboreando la tensión de los músculos duros, sus gritos y súplicas para que deje de azotarlo mientras pinta su pequeño culo de un rojo brillante.

Se detiene cuando la ve mojada entre las piernas, increíblemente, su pequeño cuerpo espasmódico sobre su regazo.

* * *

Su mente se encerró en el poder de este hombre mientras jadea y chilla.

Mientras él continúa azotándola con fuerza y rápido, su cuerpo se hace cargo mientras su mente se tambalea, siente el calor y la necesidad acumulada de un novio demasiado inepto y perdida en la sensación que ella se corre, se pone dura y su orgasmo le cae a chorros sobre sus muslos con este simple azote.

Ella siente que él se detiene y se muere adentro.

Su vergüenza la llena mientras ella tiembla sobre su regazo, jadeando y sollozando.

El calor de su rubor llenaba su rostro, tan avergonzada, ¿cómo pudo haber hecho eso?

* * *

Él sonríe al ver su cara sonrojarse de vergüenza, la mantiene en su lugar, sabiendo que este es su momento.

"Durante la próxima semana, te convertirás en mi esclava. Esta será tu ocupación real. Me obedecerás en todo lo que yo te mande. Te mantendrás a la vista todo el tiempo y me pedirás permiso para irte si es necesario, aunque solo sea para ir al baño. Te poseeré y me obedecerás. Al final de una semana hablaremos de esto nuevamente ".

* * *

Acostada en su regazo sintiendo el orgasmo de sus nalgadas, ella escucha sus palabras.

Es una declaración, no una pregunta.

Se da cuenta de que no le ha dado opciones.

Ella inclina la cabeza avergonzada, temblando por lo que acaba de hacer.

Y ella gime:

"Sí señor"

.

ACEPTANDO LA SITUACIÓN

"Su esclava durante una semana".

No podría ser muy mala la semana ya que él siempre la había tratado como a una princesa.

Incluso después de su mal rato de hace unos minutos y de su petición de total obediencia durante una semana, la había recogido, la había limpiado las lágrimas y la había enviado a su baño privado para que se adecentara.

Se puso frente al espejo reviviendo su vergüenza, era una chica mala y ahora Robert lo sabía.

¡Maldita sea!

Se mordió el labio preguntándose si él mantendría todo esto en secreto mientras ella jugaba a su juego.

Porque era un juego, ¿verdad?

Salió del baño, su rostro ya no reflejaba por lo que acababa de pasar siendo su trasero de enrojecido la única prueba externa de ello.

Ella caminó hacia él sintiendo que su rostro se sonrojaba nuevamente y él le entregó su tanga empapada de esperma.

"Ok, todo bien. Sin embargo, ambos tenemos personas que amamos, y esto fue, ummm, divertido, pero no quiero que ninguno de ellos sepa ..."

Al ver su sonrojo profundo y escuchar la auto recriminación en su voz, él la interrumpió presionando su ventaja:

"¿Que me dejaste azotarte hasta que llegaste al orgasmo? ¿Que has accedido a servirme como esclava por no menos de una semana? , mi dulce Susy, ¡eres una perra muy traviesa! "

La vio palidecer ante la última palabra hasta que bajó su cabeza para mirarse los pies.

Delante de ella, le levantó la barbilla, sosteniendo la tanga rosa delante de ella, y él sonrió.

"Entiende que yo tampoco quiero lastimar a nuestras familias. Pero de ahora en adelante me llamarás Maestro cuando estemos solos. Yo, mi dulce nena, soy un Maestro y como tal necesito una esclava. Una semana aquí en el trabajo y al final de la semana volveremos a hablar y vamos a ver como seguiremos desde allí ".

Con eso, se metió la tanga en el bolsillo y regresó a su escritorio.

Levantando un sobre hacia ella, él la miró a sus ojos inquisitivos.

"Esta es una lista de las reglas que debes seguir durante la semana. Puedes ya irte a casa ahora y estudiarla allí. Llega mañana temprano, tenemos mucho que hacer. Te veré a las siete de la mañana."

Se puso de pie y besando su mejilla suavemente, salió de la oficina dando por finalizado el día.

Al acercarse a darle el beso le escuchó susurrar, "Sí, Maestro", lo que le hizo sonreír ampliamente.

LAS REGLAS

Esa noche se acostó en la cama leyendo sus instrucciones para la semana, y sacudiendo la cabeza.

Se sentía muy incómoda, pero, por alguna razón, ella simplemente no podía decir que no.

Pero debería haber dicho que no.

Él tenía razón, era una puta.

Había querido sentir que la azotaba.

Su novio era dulce pero nunca podría realmente azotarla como Robert lo había hecho.

Había sentido su polla dura presionada contra su vientre, mentalmente considerando su tamaño y forma.

Su novio palidecía en comparación con sus imaginaciones.

Se quedó dormida reviviendo las nalgadas y pensando en la semana que se avecinaba, su mano atrapada entre sus piernas consiguiendo su segundo orgasmo del día.

***

Se despertó temprano para darse una ducha.

Se afeitó todo como se le indicaba en las reglas y se vistió con cuidado.

Se recogió el cabello en una coleta bien realizada.

Y se vistió con una camisola debajo de la blusa en lugar de un sujetador, agradecida por sus pequeños pechos turgentes y deslizó las bragas debajo de su traje de falda corta.

Con el maquillaje puesto tal cual se le indicaba, agarró su bolso y salió corriendo por la puerta justo a tiempo para tomar el autobús que pasaba temprano para ir al trabajo.

La ausencia del tráfico matinal habitual al ser tan temprano hizo que el edificio pareciera extrañamente desierto cuando llegó, pensaba mientras ella subía al ascensor.

Al entrar en la oficina silenciosa se sorprendió de ver las luces encendidas y de que él ya estuviera allí.

Se desplazó hacia su escritorio y rápidamente escribió en la mensajería "Buenos días, Maestro" para hacerle saber de su llegada.

* * *

Él miró su reloj y sonrió.

Justo a tiempo.

Había pasado la noche planeando la semana que se avecinaba.

La recompensa de los años acumulados en los que necesitó poseer a esta hermosa chica que tanto lo obsesionaba.

Necesitaba que ella aceptara su nuevo papel, esclavizar su cuerpo y su alma, y solo tenía una semana para ello.

Había planeado por toda la noche antes de decidir su próximo movimiento.

Sonriendo, escribió:

"Buena chica, estás aquí a tiempo. Ven a mi oficina, cierra la puerta y desnúdate. Luego ve al centro de la habitación y espera ahí".

* * *

"Si Maestro."

Con el corazón palpitante, entró en su oficina y cerró la puerta detrás de ella.

Al sentir sus ojos mirándola atentamente, ella se volvió y dio un paso adelante.

Lentamente, se quitó cada prenda de vestir que llevaba y la dejó en el suelo junto a ella.

Finalmente desnuda, se puso sobre la alfombra suave, en el centro de la habitación, para estar a su merced, su esclava.

Ella lo observó mientras él se levantaba y se movía de su escritorio.

Él la rondaba mientras la miraba, de los pies a la cabeza, cada centímetro de su piel, sin tocarla, pero tan cerca que podía sentir el calor de su cuerpo sobre su piel de gallina.

Abruptamente él regresó a su escritorio, le dijo que se vistiera y que se pusiera a trabajar, dejándola de prestar atención para continuar con su trabajo.

* * *

Pudo ver su confusión y decepción cuando se vistió y regresó a su escritorio.

Sabía que ella estaba lista para hacer lo que él decidiera, para obedecer su voluntad y más aún, para su humillación y vergüenza haciéndola seguir su juego, pero no quería presionar demasiado.

Necesitaba que ella quisiera más, que necesitara más.

Se volvió para mirar su régimen de entrenamiento que estaba sobre su escritorio.

Sus lecciones culinarias iban bien.

Parecía estar gustando a la gente de la compañía.

Él se tocó la barbilla mientras pensaba que tal vez pedirle una cena con unos amigos del club podría estar en el aire pronto.

Se quedó sentado en su escritorio con la mente recordando las nalgadas que le dio a ella, su polla hinchándose por ello, su mano rozándola sintiendo la excitación, viéndola desnuda y tan voluntariamente obediente que casi lo hizo olvidar sus planes, su lujuria y la necesidad de dominar a la chica.

Envió un mensaje instantáneo:

"¿Te masturbas, Susy?"

Esperó mientras en su escritorio parpadeaba el mensaje instantáneo.

Podía imaginarla inquieta, apretando el coño ante la pregunta, pero ya había confesado mucho más durante sus juegos.

"Sí, Maestro, a menudo".

Escribió el siguiente mensaje escogiendo sus siguientes palabras cuidadosamente, deseando no solo jugar con ella sino hacerle pensar:

"¿Será que ese joven, al que no ves mucho, no te satisface lo suficiente, pequeña zorra? Quizás esta semana te ayudará a mantenerte satisfecha".

Con esto cerró la conversación.

* * *

En su escritorio, ella quedó atónita con la contestación y el cierre abrupto de la conversación, pero se quedó reflexionando sobre sus palabras.

Más tarde, Ocupada en su trabajo, no se dio cuenta que él se había puesto detrás de ella hasta que su mano se acurrucó sobre su hombro y descansó sobre su pecho derecho.

Él se inclinó para susurrarle al oído:

"Solo estoy viendo como mi pequeña zorra trabaja duro".

Acariciando el pezón endurecido y escuchando su respiración acelerarse, él sonrió.

Luego quitó su mano y salió de su oficina antes volviéndose hacia ella:

"Sabes, Susy, esta será una semana muy satisfactoria".

* * *

La mantuvo nerviosa todo el día con pequeñas caricias y pequeñas bromas que siempre la hacían desear más por sus movimientos inconscientes y se sonrojaba cada vez más.

Satisfecho de haber despertado su necesidad durante todo el día, él quería más.

La mensajería parpadeó en su escritorio.

"Antes de que te vayas hoy, pequeña zorra, te presentarás en mi escritorio y pedirás permiso para dejar mi servicio por el día".

***

"Si Maestro." Tecleó y rápidamente se apresuró a terminar lo que estaba haciendo y dejar ordenado su escritorio.

Ella estaba un poco excitada.

Él la había provocado durante todo el día, sus bragas estaban húmedas y pegajosas, y no podía creer que se sintiera tan caliente.

Se sonrojó al saber que estaba siendo la pequeña zorra que él la llamaba, pero ella no parecía poder evitarlo.

Ella se puso de pie y entró a su oficina cerrando la puerta y esperando que él la acercara.

Estuvo así por unos minutos, aunque que pareció mucho más tiempo.

Esto le puso más nerviosa hasta que él la miró y señaló un lugar en el piso al lado de su escritorio.

"Aquí, Susy".

Ella casi voló al lugar queriendo estar cerca de él otra vez.

Al ver la sonrisa iluminar su rostro ante su ansia, su sonrojo llenó su rostro nuevamente.

"Antes de partir hay una cosa más que necesito evaluar". Podía verla temblar ligeramente mientras ella asimilaba sus palabras. "Sé una buena puta e inclínate sobre el escritorio frente a mí, Susy"

Al ver su mirada de incomprensión, no esperó a que se moviera, sino que se levantó, la tomó del brazo y la presionó para que se inclinara contra el escritorio, sus pies apenas tocando el piso.

Pasando las manos por sus muslos extendiéndolos ampliamente, chasqueó la lengua con fuerza.

"Mi pequeña zorra Susy, ¿qué has estado haciendo hoy para mojar tanto esto?"

Al escuchar su gritito y al ver el sonrojo profundo, sonrió satisfecho por su reacción.

Fácilmente podría haberle culpado a sus constantes juegos aquel estado de excitación, pero ella permaneció en silencio, avergonzada de que él la llamara puta.

Pasó los dedos sobre las braguitas de algodón mojadas y continuó.

"¿Qué deberíamos hacer con una zorra tan húmeda?"

Enganchando sus dedos en sus bragas, le acarició la raja mojada, mirándola retorcerse y jadear después de todos los juegos a las que la sometió durante el día.

Agarrando su clítoris entre el pulgar y el índice apretando lentamente, gruñó:

"¡Contéstame, pequeña zorra!"

Al oírla gemir en voz alta y verla temblar, él sonrió de nuevo.

Presionada contra su escritorio, sus muslos se abrieron de par en par.

Ella sintió como su humillación ante sus palabras llenaba de color su cara haciéndola mojarse aún más.

Sus manos y dedos juguetones la mantuvieron nerviosa todo el día, su pequeño cuerpo demandando y necesitado de su toque.

Ahora la sensación de sus dedos mientras acariciaban su coño hacía que sus caderas se movieran inconscientemente.

Sus ojos se ensancharon cuando sus dedos le agarraron y apretaron su clítoris y ella gimió en voz alta:

"Sí, Maestro, quiero decir, ¡no Maestro!, ¡oh, Dios!"

"¡Usted sabe lo que tiene que hacer!" Ella chilló cuando él le dio una palmada en el trasero con fuerza.

Él continuó apretando causando dolor en su pequeño cuerpo mientras ella chillaba de nuevo.

Sus ojos se llenaron de lágrimas cuando la golpeó nuevamente exigiendo una respuesta:

"¡Una nalgada, Maestro!"

Ella sintió como se retorcía su clítoris cuando él le dio una palmada a su pequeño trasero de nuevo.

Arqueándose de dolor, las lágrimas corriendo por su rostro, ella tuvo un orgasmo, gritando su dolor y necesidad.

Retiró la mano y miró a la puta, tan contento de que ella casi lo suplicara.

Él la levantó, besando su rostro lloroso, mientras ella se sacudía incontrolablemente en sus brazos, frotando su espalda y tranquilizándola.

La acompañó al baño.

"Arregla tu maquillaje, mi pequeña zorra, no queremos que la gente piense que estamos aquí jugando a algo".

La vio mirar su amplia sonrisa burlona mientras se sonrojaba profundamente y bajaba la cabeza.

* * *

Mientras ella se agachaba para lavarse y arreglarse la cara recordó cómo se sentía cuando él la estaba rozando.

La dureza aparente debajo de sus pantalones.

Su mente divagando con imágenes de cómo debía ser su polla.

Ella se estremeció.

* * *

"Como eres una chica tan desagradable, pero tienes cara de ángel, usarás bragas mojadas, Susy, ¡deja que la gente se pregunte si el ángel es tan inocente como parece!" Se deleitaba con la expresión de estremecimiento en su rostro. "Mañana después de que te duches, quiero que elijas tus bragas favoritas y te las pongas sobre ese pequeño coño". Su mente le devolvió el recuerdo de su apretadito coño recién afeitado de su inspección de esa mañana. "Entonces quiero que te masturbes, llegándote al borde del orgasmo y luego te detengas, te acabes de vestir y salgas para el trabajo. Tan pronto como llegues, ven a mi oficina."

Sus ojos se abrieron de par en par, su corazón comenzó a latir frenéticamente.

Lo que él estaba pidiendo era un poco indignante, pero su coño se contrajo y sintió que goteaba aún más.

Con voz temblorosa, ella respondió "Sí, Maestro".

Él la miró con ojos penetrantes haciéndola sonrojar más.

Su mano la rodeó para tocar su coño mojado y cubierto de algodón.

Luego susurrando en su oído con un gruñido amenazante:

"Y no tengas sexo con tu novio desatento esta semana, Susy. Esta semana eres mía. ¿Entendido? "

Su rostro se encendió brillantemente mientras susurraba: "Sí, Maestro".

* * *

Esa noche, ella durmió a intervalos.

Sus sueños se llenaron de él, su cuerpo estaba tan excitado que parecía constantemente mojado y necesitado.

Consideró llamar a su novio.

¿Cómo se podría enterar el Maestro si lo hiciera?

En el fondo sabía que si lo hacía se sentiría frustrada y culpada, así que enterró la cabeza en la almohada y trató de volver a dormir.

* * *

A la mañana siguiente, después de los largos preparativos, se fue hacia el trabajo, con las piernas inquietas mientras viajaba.

Miraba a su alrededor para ver si la gente podía sentir su excitación, sus pezones constantemente endurecidos por su necesidad de correrse y haciendo que su pequeño botón le molestara.

* * *

Ella fue directamente a su oficina a su llegada.

Él estaba hablando por teléfono con alguien y cuando sus ojos se volvieron hacia ella, apareció una sonrisa.

Cogió un bolígrafo y escribió "desnúdate" en el bloc de notas a su lado.

Pasó la página hacia ella e indicó el lugar frente a su silla entre sus piernas abiertas.

Le temblaban las piernas mientras caminaba obedientemente alrededor del gran escritorio y comenzaba a desvestirse.

Él cubrió la boquilla con la mano y le susurró:

"Lentamente, no es un examen médico"

Él le guiñó un ojo y ella se sonrojó y asintió entendiendo que se desnudara más sensualmente.

Esto hizo y finalmente desnuda, lo escuchó decir:

"Lo siento, Harry, tengo que dejarte ahora. Te llamaré más tarde, alguien requiere mi atención".

Él le sonrió y colgó el teléfono.

Él la inspeccionó críticamente, pasando un dedo por la parte interna de su muslo para sentir su humedad, luego recostándose, y pasando su lengua por la punta de su dedo mojado.

"Date la vuelta y dóblate sobre el escritorio pequeña puta, y con las piernas abiertas."

Se giró y se dobló, presentándole su pequeño culo apretado.

Mientras observaba la pequeña punta de la tela que brotaba de los labios de su coño, él la pellizcó y, de forma tentadora, lentamente comenzó a tirar.

Con los ojos muy abiertos y casi llorosos por el torbellino de emociones y sentimientos, él movió las bragas mirando como su coño goteaba aún más cuando se las levantó.

Cuando la tira de tela se le metió en la rajita, tiró con fuerza, observando su rostro en el reflejo de la ventana mientras ella se mordía el labio y gemía.

Golpeando su trasero desnudo y diciéndole que se pusiera de pie, él la miró críticamente mientras ella se enderezaba y se volvía hacia él.

Después de su inspección, le golpeó el trasero una vez más y le ordenó que se arreglara la ropa, que se colocara bien las bragas empapadas y que volviera a su trabajo.

El sonrojo y la expresión de desconcierto que se reflejaron en su rostro lo complacieron enormemente.

Después le dio la espalda y levantó el teléfono para reanudar su conversación anterior, con sus ojos enfocados en su reflejo en las mamparas de su oficina.

"Oh sí." Pensó para sí mismo, "esta va a ser una semana muy satisfactoria. Y si mi plan tiene éxito, será mucho, mucho más que una semana..."

REUNIÓN CON UN GERENTE

Regresó a su escritorio, con la cara enrojecida de incomodidad y vergüenza.

Ni siquiera se le había ocurrido decir que no y detener el juego.

Se sentó durante largos minutos preguntándose qué podría pasar si lo hiciera.

"Dios," pensó ella. "¿La despediría y le explicaría a su familia por qué o les diría que había tenido que hacerlo porque era muy traviesa?

"Quizás", razonó ella. "ella podría ir con su padre y decirle lo que este hombre la hizo hacer, pero ella se deprimió al darse cuenta de que él realmente no había hecho nada que ella no había aceptado o pedido y no podía decirle eso a su padre."

Ella sonrió pensando en su padre amoroso.

Ella era su dulce ángel, y no podía soportar decepcionarlo con la verdad, que era una pequeña zorra como el Amo Robert la llamó.

Perdida en su ensueño, no vio el mensaje instantáneo parpadeando hasta que fue demasiado tarde.

Apareció un segundo y un tercer mensaje "¡AQUÍ AHORA!"

Casi lo escuchó gritar mientras saltaba y temblaba de expectación.

Ella no respondió, sino que corrió hacia su oficina y se detuvo justo en la puerta.

Al entrar, y sin hablar, le indicó que cerrara la puerta y señaló un lugar delante de su escritorio.

Caminando lentamente hacia el lugar, ella se quedó expectante mientras él terminaba de escribir notas en su computadora.

La miró decepcionado y sacudió la cabeza.

Su silencio la puso más nerviosa, se levantó y la acechó tirando de su falda, dejando al descubierto las bragas aún húmedas y golpeándole el trasero con fuerza.

Disfrutando de su chillido, la giró y apretando su barbilla con fuerza la hizo mirarlo a los ojos.

Inclinándose hacia su rostro, gruñó: "¡Yo, Susan, soy tu Amo! Tú, mi chica, eres mi esclava y tu falta de atención me lleva a creer que necesitas recordar eso".

Él vio como sus ojos se apartaban de los de él.

"¡Mírame!" Él gruñó en su rostro, saboreando su suspiro mientras sus ojos se alzaban hacia él.

Ella lo miró y comenzó a tartamudear disculpas, pero él apretó la mano más fuerte en la barbilla lo que la silenció mientras sus ojos se llenaban de lágrimas.

Se veía tan hermosamente vulnerable que su polla se agitó.

"Tendrás que ser castigada, por supuesto, pero creo que disfrutarías recibir otro azote, ¿verdad, mi pequeña zorra?"

Él observó con satisfacción, su vergüenza bañando su rostro mientras sus ojos oscuros la miraban.

"Estoy esperando a uno de los gerentes y no tengo tiempo para lidiar con tu desobediencia en este momento", mandándola a la esquina de su oficina detrás de su escritorio, continuó: "Párate en la esquina como una chica traviesa que eres, mientras yo me reúno con Alan".

Él sintió que se ponía rígida y vio que sus manos comenzaban a bajarse la falda, pero le dio una palmada fuerte en el trasero dejando una impresión roja y caliente.

"Deje la falda como está. Cruza los brazos frente a ti si ni siquiera puedes seguir esa sencilla instrucción."

La escuchó gemir y sofocar un sollozo, y con una sonrisa aligerando su rostro, regresó a su escritorio.

Ella palideció físicamente cuando lo escuchó levantar la voz y gritar:

"Entra Alan. Lo siento, mi asistente no estaba allí para darte entrada".

Escuchó una profunda voz reírse cuando Alan entró.

"No hay problema, Robert. Veo que has estado redecorando aquí. Muy bueno, debo decir, y ese toque de rojo que has agregado, ¡increíble!"

Su mente se aceleró:

"¿Estaba hablando de ella? Seguramente no"

Pero no pudo evitar que apareciera un rubor brillante en sus mejillas mientras miraba por la ventana de al lado.

Intentó quedarse quieta y no ponerse nerviosa con la esperanza de desvanecerse en el fondo mientras hablaban sobre algún cliente u otra cosa.

Finalmente, la reunión terminó y Alan se fue alegremente:

"Creo que podría decorar mi oficina de manera similar, Robert, pero quizás con algún tema nórdico".

Le hizo un guiño astuto a Robert y agregó:

"Me vuelvo loco cuando veo a una rubia con curvas. Tal vez es hora de hacer de Anne mi asistente personal".

Él se rio en voz alta cuando se fue y ella se encogió por dentro.

EL JUGUETE NUEVO

La dejó allí de pie otra media hora mientras rellenaba informes en la computadora antes de finalmente llamarla para que acudiera a él.

"Espero no tener que castigarte de nuevo, pequeña esclava, y para ayudarte para que prestes atención tengo un regalo para ti".

Al abrir un cajón de su escritorio, sacó un pequeño cilindro rosa fuerte y la miró mientras ella lo miraba con curiosidad.

"Ella realmente es tan inocente", pensó para sí mismo y sonrió al indicarle que fuera al baño privado e insertara el nuevo juguete en su coño como si fuera un tampón.

Él adoraba la forma en que las emociones jugaban en su rostro, sonrojándose encantadoramente mientras su mente luchaba contra su sumisión a él

"¡AHORA, esclava!"

Ella tomó el pequeño objeto de su mano y caminó lentamente hacia el baño, girándose para cerrar la puerta.

Pero lo vio asomándose allí observándola.

"Necesito orinar primero por favor, Amo". Ella tartamudeó.

"Adelante pequeña esclava, no te detendré". Se apartó un poco, pero no se movió de la puerta para mantenerla abierta.

Él se puso rígido volviéndose cuando la escuchó suspirar en voz alta.

Ella no pareció notarlo mientras se bajaba las bragas para orinar e insertaba el juguete.

Se puso de pie tirando de las bragas húmedas paraca colocarlas en su lugar.

Y cuando tenía las manos preparadas para bajarse la falda, lo escuchó chasquear la lengua.

Levantó la vista para verlo sacudir la cabeza.

Dejándose la falda apretada alrededor de su cintura, terminó de lavarse las manos y lo siguió hasta su escritorio.

Ella vio que él la estaba frunciendo el ceño y se preguntó qué podría haber hecho para disgustarlo ahora.

"Susan, este es un día de lecciones para ti, me parece".

Se detuvo por un momento, dejándola considerar sus palabras.

"¡Los esclavos no suspiran a sus Maestros!, ¿entendido? Es un simple, sí Amo, ¡porque como eres mi esclava, me obedecerás!" sus ojos se clavaron en los de ella mientras explicaba su transgresión más reciente.

Observó el horror y la vergüenza pasar por su rostro, sus dientes mordiendo su labio inferior de nuevo adorablemente.

"A veces es como castigar a una chiquilla", pensó.

Con los ojos muy abiertos, asintió con la cabeza, recuperándose lo suficiente como para susurrar, "Sí, Amo" cuando lo vio endurecerse más con ira.

Ahora estaba asustada, porque su evidente enojo le confirmaba que esto ya no era un juego.

La confirmación le golpeó como una bofetada en la cara que casi la sacudió sobre sus tacones por la fuerza de la nueva conciencia de su situación.

Sabía que había llegado demasiado lejos, hecho demasiado, dejar que él le hiciera demasiado, para ahora poder retroceder o pedirle que se detuviera.

Cualquier palabra de ese tipo hubiera muerto en su garganta.

Después de minutos de silencio, ella comenzó a sollozar y se volvió para irse de allí.

La vio quebrándose, la comprensión de sus intenciones cayendo sobre ella.

Este era su momento para comenzar a hacerla verdaderamente suya.

Tenía que moverse rápido antes de que entrara en pánico y huyera de él por completo.

Él extendió la mano a la velocidad del rayo y la agarró del brazo antes de que ella pudiera salir corriendo.

Sostuvo un control remoto ante sus ojos y presionó el botón para iniciar un zumbido bajo en su coño.

Ella se sacudió y dejó escapar un gemido mirándolo.

Con voz profunda dijo:

"Sí, pequeña zorra, controlo ese juguete nuevo en tu coño igual que te controlo a ti. Soy tu Amo".

Él la miró a los ojos temerosos mientras acariciaba su trasero.

El juguete zumbó a una velocidad más alta.

Su respiración comenzó a aumentar con su sensación de emoción.

Se inclinó para murmurar en su oído:

"Te gusta ser mi puta, ¿verdad, Susy?"

Él se acercó aún más atrayéndola hacia él mientras continuaba:

"Sin tener que ocultar lo traviesa que eres y los sentimientos en ese pequeño y apretado coño que te deja el juguete cuando estás conmigo, sabes que estabas destinada a servirme".

Con eso le dio una palmada fuerte en el trasero, calentándolo con la huella de su mano.

Al ver su mordisco en el labio, pudo ver las emociones jugar sobre su rostro expresivo mientras se llenaba de color.

"Puedes ser tú misma conmigo, Susy. Adoro todo lo que eres y todo lo que puedes y serás para mí".

Podía sentir el calor saliendo de ella, la vergüenza y el temor se mezclaban con el creciente hambre sexual que aparecía en sus ojos verdes debido a la excitación del juguete en su coñito.

Era una lenta y deliberada elección de palabras, dejando que invadieran su mente mientras ella luchaba con la comprensión de que esto nunca volvería a ser un juego para él.

Él habló para llenar incansablemente su cabeza con sus deseos.

"Te he conocido casi toda tu vida. Siempre tan dulce, tan inocente y tan obediente que sabía que naciste para ser una esclava, mi pequeña zorra. Necesitas un Maestro que te dé el placer y el dolor que anhelas".

Mantuvo su voz con un murmullo suave y bajo en su oído, pero con un tono severo y dominante en sus palabras.

"Puedes confiar en mí, Susy, me preocuparé por ti y te mantendré a salvo mientras alimento tus antojos y deseos".

Él puntuó esto con otra palmada en su culo ya rojo.

"Todo lo que le pido a la pequeña esclava es que me sirvas y me obedezcas bien. Soy tú Amo, Susy. Y tú, pequeña zorra, eres la esclava que deseo".

Ella estaba jadeando ahora, su cuerpo temblaba visiblemente de emoción cuando él volvió a activar el juguete un poco más fuerte y dándole una palmada en el culo otra vez.

"Te poseeré y cuidaré como mi posesión más preciada. Como tu Maestro, te entrenaré para complacerme y te castigaré cuando no lo hagas".

Su mano se estrelló de nuevo contra su trasero.

Ella abrió in poco más sus piernas que apenas la sostenían en posición vertical mientras él le daba lo que necesitaba.

Tal como él deseaba dominarla, ella necesitaba sus demandas de control sobre ella.

Podía ver y sentir lo caliente que se ponía cada vez que ella obedecía sus órdenes cada vez más despectivas, incluso ahora que él la miraba a los ojos llenos de lágrimas.

"Debes confiar y obedecer a tu Amo, Susy". Golpeando su trasero de nuevo, gruñó bajo "Córrete para mí, mi pequeña zorra. Obedéceme y córrete para tu Amo, esclava".

Él colocó su pierna entre las de ella mientras ella giraba sus caderas, dejándola moler su húmedo y palpitante coño sobre él, observando cómo su cabeza se inclinaba hacia atrás para gemir.

Envolvió sus brazos alrededor de su pequeño cuerpo y la atrajo hacia él cuando ella comenzó a temblar y estremecerse, la levantó, la llevó a una silla rellena y se sentó con ella en su regazo dejando que el zumbido dentro de ella se desvaneciera lentamente.

En ese momento no quería nada más que complacerlo, obedecerlo, que la cuidara y la atesorara.

Ella se sentó en su regazo durante mucho tiempo sintiendo que él la acariciaba, acariciando su cabello y su espalda mientras se calmaba.

Incapaz de decir lo que sentía, pensó a través de todo lo que había dicho y hecho.

En las cosas que ella había hecho y había dejado que él le hiciera en los últimos tres días, en sus palabras de confianza y cuidado, el placer y el dolor que le dio.

Inconscientemente se retorció mordiéndose el labio otra vez.

Su sonrojo llenó su rostro, su vergüenza y humillación se apoderaron de todas las demás emociones.

Todavía estaba un poco asustada de su ira y de lo que este supuesto juego realmente significaba para ella, pero también sentía su amor por ella.

Era casi como una figura paterna, estricto y severo pero cariñoso mientras ella se acunaba en sus brazos así.

¿Estaba mal de su parte pensar en él de esa manera considerando lo que había hecho y dejar que le siguiera haciendo eso?

No solo aceptaba sus travesuras, sino que las alentaba.

La había llevado a gritar por orgasmos, pero no había buscado el suyo.

Su mente se retorció con lo que estaba sintiendo.

Ella sintió que quería hacer eso por él, la fuerte necesidad que había sentido de huir de él empujada al fondo de su mente reemplazada en este momento por un deseo de complacerlo mientras reflexionaba sobre sus palabras, cuidado, confianza y amor.

Ella se imaginó cómo sería ser follada por él y llenarse con su semen y se retorció en sus brazos presionando contra su fuerte cuerpo firme.

Se sentó con ella acurrucada en su regazo, observando su rostro sabiendo que ella estaba considerando todo lo que le había dicho mientras él alimentaba sus crecientes necesidades masoquistas.

Él sonrió mientras la veía mordisquearse el labio y sonrojarse.

Necesitaba poseer a esta pequeña y hermosa chica, en cuerpo y alma, para hacerla soportar más su dolor y sufrir por él, pero necesitaba que ella viniera a él de buena gana.

Sus pensamientos se volvieron más oscuros, y le estaba tomando toda su fuerza de voluntad para no tirar por la borda su plan y tomar su cuerpo ahora mismo poseerla y obligarla a estar a su servicio.

Decidió que tenía que ir a buscar a una de las zorras de la compañía para resolver su frustración antes de perder su determinación.

Golpeando ligeramente su trasero, la despabiló:

"Pequeña zorra, has sido una asistente personal inútil esta mañana, así que ve de vuelta a tu escritorio y continúa con tu trabajo. Te llamaré si te necesito".

Él sonrió cuando el juguete zumbó brevemente haciéndola jadear y comprender su significado con demasiada claridad.

La ayudó a levantarse de su regazo, sonriendo mientras observaba su mirada desaliñada y sus brillantes muslos mojados.

"Puedes usar mi baño para limpiarte, pequeña zorra, pero deja el juguete donde está". Él sonrió mientras ella jadeaba mirándolo brevemente.

"Si Amo."

Mientras se apresuraba a ir al baño y se miraba al espejo, se preguntó si alguna vez dejaría de sonrojarse cuando estuviera con él.

Arreglando rápidamente su maquillaje, y limpiando la evidencia del placer que él le dio, ella hizo una mueca mientras giraba para ver su culo enrojecido.

Al salir del baño, vio que él se había ido sin decir una palabra y regresó a su escritorio sintiéndose extrañamente sola sin su presencia constante.

EXPUESTA DELANTE DE OTROS

Unas horas más tarde sintió como el juguete comenzó a zumbar de nuevo momentos antes de que él regresara luciendo relajado y sonriéndole alegremente.

Devolviéndole la sonrisa en su rostro al verlo, él se movió detrás de ella mirando por encima de su hombro a su computadora y colocó ambas manos sobre sus tetas apretándolas hasta que ella gimió suavemente.

"¿Trabajando duro mi pequeña esclava?"

Antes de que pudiera responder, vio como Alan presumía con Anne, la bomba rubia de la recepción, a su lado.

"Buenas tardes, señor Clarkson", Susan sonrió, intentando ignorar el hecho de que las manos de su Amo todavía estaban amasando sus tetas, aunque el sonrojo que recubría su rostro decía mucho.

"Susan, cariño, te extrañé esta mañana, espero que no hayas tenido problemas".

El aparentemente siempre exuberante Alan Clarkson guiñó un ojo y se rio entre dientes:

"Anne es mi asistente personal ahora y necesito llevarla a comprar algunas cosas para poder entrenarla adecuadamente en todo lo que implica su nuevo papel".

Le sonrió maliciosamente a Susan.

"Robert quiere algunas cosas para ti también, chica afortunada, pero necesitamos saber algunos tamaños y medidas. Aunque por lo que puedo ver, tu entrenamiento ha sido muy práctico".

Él se rio con buen humor y miró como las manos de su Amo que todavía cubrían sus pequeñas tetas.

"Vamos a mi oficina para hacer una lista".

Su Amo se rio junto con Alan, aupándola por las tetas y golpeándola ligeramente para hacerla moverse.

Llevándola al centro de la habitación, la ordenó mirándola fijamente: "Susan, desnúdate para que Anne pueda obtener medidas precisas".

Él la miró con una mirada severa mientras ella dudaba.

Se quedó paralizada, incrédula, el juguete zumbó más fuerte haciéndola jadear y mirar hacia arriba y él levantó una ceja.

Ella tragó saliva sacudiendo ligeramente la cabeza.

"¡AHORA Susan!" la ira brilló en sus ojos mientras la miraba.

Tocando con las manos temblorosas, dejó caer la falda y se quitó la chaqueta y la blusa que se las entregó a Anne, quien comprobó los tamaños y tomó notas.

"El sostén también, Susy, puedes quedarte las bragas sucias por ahora".

Él continuó mirándola enojado.

Ella estaba mortificada por sus palabras y se desprendió del sostén.

Ellos se apartaron de ella una vez que había terminado de desnudarse.

Los dos hombres se movieron al escritorio de su Amo para discutir su lista en voz baja, observándola desde la distancia.

Mortificada por dentro, se quedó casi desnuda y temblando mientras Anne tocaba y tomaba medidas de varias partes de su pequeño cuerpo, incluidas las muñecas, los tobillos y la garganta durante lo que pareció una eternidad.

Las manos de la mujer rubia parecían encenderla aún más mientras el juguete zumbaba haciendo que se pusiera más húmeda y sus pezones imposiblemente duros, lo que se sumó a su humillación.

Alan sonrió ampliamente al ver a Anne finalmente ponerse de pie y enrollar la cinta métrica.

"¡Ven esclava, vamos de compras!" Susan se tensó, pero él tomó a Anne por el brazo y la sacó de la habitación, y diciendo por encima del hombro. "Te veremos en unas horas Robert".

Los ojos de Susan se abrieron de par en par al escuchar la palabra esclava dirigida a otra chica y se giró para verlos irse.

Haciéndole señas para que se acercara, señalando un lugar en el piso detrás de su escritorio, cerca de él, la miró como casi desnuda se ponía en el lugar.

"¿Te ha gustado usar esas bragas sucias todo el día?"

Pasó una mano sobre su cadera y su coño sintiendo su humedad.

"No Amo".

Él sonrió.

"Bueno, quítatelas y la próxima vez que tengas la tentación de usar bragas, piensa en cómo se sintió".

Su sonrisa se volvió seria.

"No volverás a ponerte nada que cubra tu pequeño coño sin mi permiso expreso. ¿Me entiendes esclava? O tu incomodidad será mucho peor, te lo prometo".

Sus ojos buscaron los de ella asegurándose de que ella entendiera que esto, como todas sus órdenes, no era negociable.

Quitándose las bragas empapadas y apestadas, se quedó temblando y desnuda ante él, respirando lentamente, y susurró:

"Si Amo."

Acariciando su nalga ligeramente, la empujó hacia abajo, inclinándola sobre su regazo, hablando en voz baja, pero con un filo en su voz.

"Como eres mi esclava, cuando te pida que hagas algo obedeces, ¿es correcto eso esclavo?"

Sin darle tiempo a responder, y acariciando su hermoso culo continuó diciendo.

"Es lo que aceptaste. Sin embargo, por tercera vez hoy me encuentro teniendo que castigarte".

No le había dejado espacio para responderle y sonrió cuando ella gimió.

"Tu vacilación cuando te pedí que te desnudes no fue aceptable, me obedecerás esclava, independientemente de quién esté cerca".

Él la sintió tensarse mientras describía su disgusto.

"Debes confiar en que no te pondré en peligro. Alan también es un Maestro y Anne su esclava".

Dejó que la tristeza y la decepción se colaran en su voz.

"Tu negativa a desnudarte cuando te lo ordené fue un reflejo no solo de ti, pequeña esclava, sino de mí como tu Amo".

Ella se encogió ante el tono de su voz, encontrándose avergonzada de haberlo disgustado una vez más, la necesidad de complacerlo la había despertado antes haciéndola querer rogar por su perdón.

Ella comenzó a expresar su súplica, pero la silenció.

"Entiendo que lo sientes esclava y me entristece que deba castigarte de nuevo, pero aprenderás a confiar y obedecerme en todo lo que te pido".

Ella estaba gimiendo de vergüenza, así como por el calor que estaba creciendo en ella causado por su mano acariciante y por el juguete zumbando profundamente dentro de su coño goteante.

Sintió que su mano se levantaba y se preparó pensando que él la azotaría, pero fue reemplazada por la sensación de una vara delgada acariciando su piel.

Mientras, su mano izquierda se movió debajo de ella para acariciar su coño y agregarle más placer a la mezcla de emociones que la recorrían.

Ella se retorció ante sus toques, pero dando un chillido de sorpresa cuando el bastón le golpeó el culo mordiéndole la carne, haciéndola saltar en su regazo alzando los pies.

Sintió sus dedos hundirse en su coño y su clítoris sosteniéndola en su lugar y ella volvió a gritar, sus jadeos y gemidos se convirtieron en maullidos doloridos y jadeos eróticos cuando la golpeó dos veces más mientras seguía metiendo los dedos en su coño.

Tres punzantes ronchas rojas aparecieron en su piel por cada una de sus transgresiones de ese día.

Podía sentir las ronchas ardiendo en su piel cuando el cruel bastón fue reemplazado por su mano una vez más.

Sus dedos se retorcieron y tiraron de su clítoris hinchado mientras azotaba con fuerza las líneas rizadas sin descanso, haciéndola girar y doblarse en su regazo gimiendo de dolor y excitación.

Él observaba el exquisito cuerpo pequeño enrojecido sobre su regazo.

Su alegría y excitación se hicieron evidentes mientras la veía gozar y llorar por él.

Él era su Maestro, un deseo desde hacía mucho tiempo esperando que se convirtiera en realidad.

Al final de la semana, ella aceptaría su lugar como su esclava voluntariamente o él la tomaría por la fuerza si fuera necesario, pero sabía que no podía dejarla ir.

Él volvió a hablar en voz baja y gruñendo:

"Córrete por tu Amo, pequeña esclava. Muéstrame cuánto amas mi castigo".

Su cuerpo se contorsionó arqueándose, tensándose y estremeciéndose mientras explotaba ante su orden.

Su mente se perdió, flotando en una nube de placer y dolor por tercera vez ese día.

Ella gritó por él y se corrió.

VESTIMENTA NUEVA PARA SUSAN

Susan se despertó aturdida y confundida, aún desnuda.

Estaba acurrucada en los brazos del Amo en el gran sofá relleno de espuma su oficina.

La abrazaba suavemente, protectoramente, como la de un dulce amante.

Sin embargo, su cuerpo le decía lo contrario y necesitaba desesperadamente estirar sus doloridos músculos.

Gentilmente trató de liberarse de sus brazos solo para sentir cómo se apretaba más a su alrededor.

Rindiéndose, rodó sus brazos hacia su espalda y estiró su cuerpo sintiendo los músculos protestar y sentir más dolor.

Ella lo miró a los ojos mientras él la observaba.

Finalmente soltando su abrazo y pasando sus manos sobre su cuerpo mientras ella se estiraba como un gato.

"Eres mía." Él dijo simplemente.

Golpeó su cadera ligeramente,

"Se está haciendo tarde pequeña Susy, estuviste dormida por un tiempo, tengo un auto esperándote por las escaleras de entrada para llevarte a casa".

Él le sonrió suavemente.

"Será mejor que te vistas y te vayas a casa, antes de que encuentre más cosas que puedas hacer aquí".

Sus ojos se abrieron y él se echó a reír.

"Puedes decirle a cualquiera que pregunte que te mantuve tarde en el trabajo con fines de capacitación".

Él se rio genuinamente de su rostro sonrojado mientras ella se levantaba y miraba su vestido.

Ella hizo una mueca de dolor, sintiendo un torbellino de malestar mientras alisaba la falda sobre su trasero.

Entró en su baño brevemente para arreglarse el pelo y maquillarse lo mejor que pudo antes de caminar detrás de su escritorio para recuperar las bragas sucias desechadas.

Con las bragas en la mano, obedientemente se presentó preguntando:

"¿Me disculpan por el día, Maestro?"

Él le sonrió y se levantó para besarla profundamente.

Sorprendida, dio un gritito cuando sintió sus labios sobre los de ella, sorprendida por el beso.

Después todo lo que había ocurrido en los últimos días, este fue su primer beso real y ella se fundió con él.

La llevó a su escritorio, sin cortar el beso.

Colocándola cuidadosamente sobre la mesa para que ella recuperara su bolso, habló en voz baja:

"Sí, mi esclava, finalmente me has complacido hoy".

Dejó que una pizca de sonrisa le pasara por la cara mientras se burlaba de ella.

"Ve a casa, antes de que cambie de opinión".

Él le dio unas palmaditas en el culo disfrutando de sus gemidos y la dejó, volviendo a su oficina.

Estaba más que satisfecho.

Pero no sabía qué esperar cuando ella se despertara a la mañana siguiente.

Se estaba preguntando si la había llevado demasiado lejos en su día de castigo.

Él sonrió para sí mismo.

Ella era adorable en su sumisión natural y, aunque en un momento, durante el día, pareció estar a punto de irse, se había quedado.

* * *

El auto la estaba esperando como él había dicho.

El conductor fue amable y una vez que estuvo adentro le entregó una bolsa de un restaurante local.

"El señor Robert me pidió que te recogiera algo de comer, ya que te tendría hasta tarde en una sesión de capacitación".

Él sonrió ante la sorpresa y el color rosa que se deslizó por sus mejillas mientras ella tomaba la bolsa y le daba las gracias.

El camino a casa fue silencioso.

Él la miraba por el espejo mientras ella miraba por la ventana sin ver realmente el paisaje, sus ojos perdidos en sus pensamientos sobre su día.

Sonrió mientras se tocaba los labios con los dedos, pensando en todo lo que había sucedido.

Y sobre lo que sucedió, fue en su beso en lo que se demoró.

La verdad era que ella disfrutaba las cosas que él la obligaba a hacer, cosas que nunca habría hecho sola o con su novio.

Le gustaba poder fingir que era una 'buena chica' que estaba siendo forzada en lugar de admitir que cada nueva experiencia que él le brindaba emocionaba su mente y su cuerpo.

Sin embargo, de todas esas cosas, fue el beso lo que se quedó con ella.

La intimidad de su profundo y apasionado beso, había sido muy diferente de la forma autoritaria y compuesta con la que él había provocado y traído a su cuerpo placer y dolor, haciéndola sentir culpa y vergüenza, necesidad y deseo.

Sabía que lo que estaba haciendo, ser su esclava, no estaba bien y hasta esta noche se había preguntado qué tan mal podría estar antes de que terminara la semana.

Se tocó los labios otra vez, pero el beso parecía hacer que de alguna manera no se sintiera tan mal.

Había sentido su amor y pasión por ella en ese único beso.

* * *

Ella se sacudió en su cama y se dio la vuelta mientras trataba de dormir.

"Había crecido conociéndolo como parte de su familia, casi como un tío. ¡Amaba a su esposa indulgente y hogareña y era amiga de su hijo!"

Se quitó las mantas y se quedó mirando techo llena de culpa y vergüenza.

"¿Qué le estaba pasando?"

Ella gimió suavemente mientras su mano acariciaba su cuerpo reviviendo el día, su ira, su miedo, su decepción, su vergüenza, su deseo, su necesidad de complacerlo y finalmente la pasión de su beso.

Ella se vino por cuarta vez en ese día y finalmente se durmió.

* * *

Se despertó y se arrastró hasta la ducha, sus sentimientos de culpa y vergüenza volvieron a su mente.

Casi temía ir a trabajar y encontrarse con lo que este día le tenía reservado, se sintió mal y por un momento consideró llamar para decir que estaba enferma, antes de sacudir la cabeza.

El pánico se le fue cuando salió del baño y juró suavemente al darse cuenta de que llegaría tarde.

Se vistió rápidamente y bajó corriendo las escaleras para salir volando por la puerta.

Salió corriendo para tomarse directamente con los brazos de su conductor del día anterior.

Él la agarró justo cuando ella comenzaba a correr hacia el autobús.

"Susan"

Ella levantó la vista.

"Cálmate chica. El señor Robert me envió para recogerte esta mañana".

Dio un paso atrás y abrió la puerta que la subía al automóvil.

Ella obedeció dócilmente aturdida por su presencia.

Vio dos cajas, colocadas en el asiento a su lado, mientras subía.

Una contenía galletas de canela decoradas con caras sonrientes y su jugo favorito.

Y en una caja más grande había una nota dirigida a ella.

Ella leyó:

"Buenos días mi esclava, espero que hayas dormido bien, tengo la intención de cuidarte como mi tesoro más preciado, pero aún hay mucho que debes aprender sobre como complacer a tu Amo. Eres joven y hermosa, no deberías usar esa ropa de trabajo anticuada que tu madre te escogió. Desayuna rápido y ponte el traje de esta caja antes de llegar al trabajo. No te preocupes por el conductor, confía y obedece. Robert."

Tocando el hombro del conductor, le preguntó si podía detenerse en un café o en algún lugar con baño, pero él negó con la cabeza.

"No. Me dijeron que la acercara sin parar, señorita".

Ella se recostó comiendo y considerando qué hacer.

No quería ser castigada en el momento en que entrara.

Terminó las galletas y el jugo, se dejó caer en una esquina del auto y sostuvo su chaqueta contra su pecho mientras se cambiaba con la blusa de seda blanca que había sacado de la caja.

Sus pezones se endurecieron y presionaron a través del material suave ante la idea de que el conductor la estuviera mirando, pero ella no estaba dispuesta a mirar al espejo para comprobarlo.

Sacó la falda azul marino plisada de la caja y se inclinó hacia adelante para cubrir su desnudez.

Se quitó la falda y se colocó la nueva en su lugar.

Intentando hacerlo mejor que pudiera, se había puesto la blusa y la falda plisada en lugar de la blusa y falda que llevaba.

Tomando una pequeña chaqueta de la caja y colocándola en el asiento a su lado, revisó la caja para asegurarse de que ya estaba vacía.

Encontró unas medias de encaje blancas que se subían hasta el muslo y una nota más pequeña ...

"Mantén la falda levantada mientras te pones las medias y el conductor te dará la última pieza de tu atuendo. Confía y obedece, pequeña esclava. Robert"

Mortificada, razonó que probablemente él la había estado observando cambiarse de todos modos, así que se subió la falda y puso las medias en su lugar, el elástico ciñéndose sobre sus muslos.

El conductor sonrió en el espejo y le entregó un par de zapatos azul marino de tacón alto que combinaban con el traje.

Con la cara enrojecida de rubor, tomó los zapatos con un suave "Gracias" y metió su ropa en la caja vacía.

Se recostó, colocándose los zapatos, y evitando los ojos del conductor por el resto del viaje.

* * *

Al salir del auto y ponerse la chaqueta del traje, descubrió que su solapa ancha enmarcaba sus redondas tetas, y los dos botones bajos la jalaban de su cintura para ensanchar sus pequeñas caderas.

Alisándose la falda plisada corta que apenas cubría la parte superior de sus medias, se inclinó hacia el automóvil.

Al darse cuenta de que demasiado tarde que se mostraría su trasero desnudo, agarró la caja de su ropa vieja y caminó rápidamente hacia el edificio ignorando la sonrisa en la cara del conductor.

Ella le agradeció el viaje y él le deseó un buen día.

* * *

Llegó a su escritorio, guardó su bolso y la caja debajo de él y entró en su oficina esperando silenciosamente a que él se diera cuenta mientras terminaba una llamada telefónica.

Él sonrió suavemente y señaló un lugar delante de su escritorio.

Se acercó nerviosamente sobre sus zapatos de tacón alto mientras entraba más en la oficina.

Se quedó de pie frente a él mientras rodeaba su escritorio y la inspeccionaba en silencio.

Su mano subió por su muslo y debajo de la falda corta para tomar y apretarle el culo sonriendo mientras ella se mordía el labio y se le cortaba la respiración.

"Bueno, mi pequeña esclava, me has complacido con tu obediencia. Este es uno de los trajes que la esclava de Alan te escogió ayer, ¿te gusta?"

"Oh, sí Maestro. Muchas gracias".

Sus manos ahuecaron sus simpáticas tetas y jugaron con sus pezones a través de la tela transparente, consiguiendo ponerlos tan duros como puntas de flecha.

"Quítate la chaqueta".

Al observar sus expresivos ojos, apretó el agarre pellizcando las duras protuberancias entre sus dedos, mientras ella se quitaba la chaqueta.

Su respiración se aceleraba a un jadeo, sus ojos se abrieron y un gemido escapó de ella.

"Una pequeña zorra tan encantadora, mi conductor estaba muy impresionado".

Sus ojos la recorrieron.

"Tenía razón, podrías pasar por una colegiala traviesa con ese atuendo".

Dio un paso atrás, apoyándose casualmente en el escritorio, mirándola sonrojarse.

"Desnúdate esclava, todo menos los zapatos y las medias. Hay otras cosas que deseo verte usar antes de comenzar nuestro día".

Volviendo a ella mientras ella se quitaba la ropa, él le acarició el trasero suavemente, antes de golpearlo e inclinarse en su oído para gruñir:

"El Maestro disfruta del sonrojo rosado en tus nalgas".

Apretándole el culo con fuerza hasta que ella gimió, él sonrió y la golpeó de nuevo.

Tomándola del brazo, la condujo alrededor de su escritorio, colocándola a su lado mientras tomaba asiento.

"Arrodíllate, esclava".

Ella se arrodilló mientras él la miraba.

"Ese es el lugar apropiado de una esclava y lo aprenderás bien hoy. Cuando vengas a mí siempre te arrodillarás".

"Si señor"

Ella vio como él abría un cajón y sacaba varias cadenas de oro antes de volverse hacia ella una vez más.

Habló, suave pero severamente.

"Hay cosas que usarás para mí que no son prendas de vestir. Coloca tus manos detrás de tu cuello y mantenlas allí". Él observó el desconcierto llenar su rostro mientras ella movía sus manos detrás de su cuello entrelazando sus dedos.

Él revisó su posición críticamente, extendiendo su mano para ajustar sus codos tirando de ellos hacia atrás, haciéndola arquearse hacia él y empujar sus tetas hacia adelante.

Al acariciarlas bruscamente y provocar los pezones con más pellizcos, volvió a hablar.

"No voy a requerir que perfores estos, todavía, pero deseo que estén decorados adecuadamente".

Seleccionando una cadena, tiró de sus pezones metiéndolos a través de pequeños anillos en cada extremo de la cadena.

Estaban lo suficientemente apretados como para sostener la cadena, pero sin dañar la piel.

Tiró de la cadena y le dio una palmada en la teta izquierda, haciéndola gemir y dejando sus ojos húmedos.

Los lazos de la cadena se apretaban alrededor de sus pezones cuando el pecho se hinchó.

Después de palmearle las tetas varias veces, agarró la cadena y tiró de ella con fuerza, estirando la carne de las tetas antes de que la cadena se saliera.

Ella gimió, tembló y las lágrimas rodaron por sus mejillas por el escozor.

Su polla se agitaba mientras la miraba.

Repitió el proceso pellizcando y apretando bruscamente sus pezones y golpeando sus tetas mientras probaba cinco cadenas diferentes, tirando de cada uno de sus pezones con fuertes tirones mientras intentaba con otra cadena.

La cadena que finalmente eligió estaba decorada con pequeñas campanillas colgando de los bucles que tintineaban en cada una de sus bofetadas.

Ahora ella tenía los ojos llenos de lágrimas por el dolor cuando él corrigió su postura una vez más.

Usando su zapato para empujar sus rodillas, gruñó.

"Abre los muslos, pequeña zorra, deseo ver como tu coño brilla, mientras disfrutas del dolor que te doy".

El sonrojo en su rostro casi coincidía con las huellas de manos rojas que cubrían sus tetas mientras su pecho se agitaba.

Sintió el espasmo de su coño y goteó aún más ante sus palabras.

"¿Cómo podría estar disfrutando esto?"

Su pecho palpitaba por el calor y el dolor.

"Debe haber algo mal conmigo, esto no era normal. No hubo caricias suaves ni ansiosas miradas entre ellos. Solo órdenes, obediencia, dolor y placer".

Su mente huyó de nuevo al beso del día anterior y sus labios temblaron junto con su cuerpo al estremecerse al recordar las emociones que había sentido.

Presionando su zapato contra su coño, frotó con el dedo del pie debajo del cuero en su clítoris hinchado y observó cómo su jadeo aumentaba y su cuerpo temblaba, haciendo que las pequeñas campanas tintineen alegremente sobre sus tetas rojas y doloridas.

Podía ver el calor en sus ojos cuando sus caderas rodaron sobre su zapato frotándolo.

Él continuó jugando con su coño frotando el cuero duro en su clítoris hinchado y el agujero que goteaba.

Su cuerpo continuaba ondulándose y balanceando sus caderas contra su zapato buscando el placer allí.

Pasó los dedos por su cabello y lo retorció mientras tiraba de su cabeza hacia atrás y se inclinaba para casi presionar sus labios contra su boca jadeante, susurrando con aspereza:

"Córrete para placer de tu Amo, pequeña zorra que disfruta del dolor. Eres mía".

Él observó cómo ella se arqueaba más fuerte contra su zapato, tensándose y estremeciéndose antes de gritar con su corrida que le cubrió los muslos y el zapato.

'Ella era tan hermosa así de rodillas ante él'.

Él la miró a los ojos mientras su polla se endurecía dolorosamente atrapada en sus pantalones.

Él sostuvo su mano en su cabello, disminuyendo el fuerte agarre para acariciarla mientras ella se calmaba.

Sus piernas temblorosas se doblaron para acurrucar su trasero sobre sus talones.

Mientras ella se recuperaba de su corrida, él le dijo:

"Limpia mi zapato. esclava"

Al verla comenzar a moverse para levantar su mano apretada en su cabello y él empujó su cabeza hacia abajo.

"Con tu lengua, pequeña zorra, prueba lo dulce que eres ".

Él la observó mientras su cabeza bajaba como adoración a sus pies y sonrió.

Su nariz se arrugó con desagrado y su rostro se sonrojó intensamente mientras lamía limpiando sus jugos de su zapato.

La sostuvo contra su zapato hasta que estuvo satisfecho de que ella había terminado.

Apartando sus pies, él mantuvo un brazo sobre ella mientras ella se levantaba sobre sus zapatos de tacón alto y las campanas colgando de sus pezones tintineaban dulcemente.

"Tienes mucho que hacer hoy, esclava, así que viste a ese putito trasero cachondo que tienes"

Puntuando lo dicho con una palmada en el trasero, él se recostó y la observó mientras se abrochaba la blusa sobre sus tetas ahora decoradas.

La cadena que hacía que sus pezones resaltaran deliciosamente contra la pura seda, las campanas claramente visibles debajo de ella.

Mirando hacia atrás en el cajón abierto, introdujo las cadenas no utilizadas y tomó un artículo más antes de ponerse de pie e inspeccionarla cuando terminó de vestirse.

Pellizcando sus pezones encadenados entre la seda, la atrajo hacia su escritorio antes de soltar sus dedos y empujarla boca abajo y golpear su trasero nuevamente.

Ella gimió, humedeciéndose de nuevo sus ojos al darse cuenta del constante dolor y el calor con que él la estaba bañando esta mañana.

Ella tembló cuando él le explicó que usaría una cosa más durante esta mañana y que cuanto más rápido completara las tareas que él le había encomendado, antes se la quitaría.

Ella observó con curiosidad mientras él llevaba un pequeño objeto de plástico rosa delante de su cara.

Éste tenía la forma de una zanahoria pequeña, pero su curiosidad fue reemplazada por temor cuando él le explicó dónde lo usaría.

Ella se retorció bajo su mano apretada sobre su espalda, sus piernas presionando contra las de ella.

Podía sentir su polla dura dentro de sus pantalones.

Su mente se llenó de imágenes de él poseyéndola mientras su fuerte agarre se volvía más débil para acariciarla más suavemente.

Su voz susurró dulcemente en su oído para calmarla.

Al ver el temor entrar en sus ojos, él casi se detuvo, pero a ella le había ido tan bien en su obediencia a todo lo que había querido esta mañana.

Necesitaba saber que nada le estaba prohibido en lo que él le pediría, así que se inclinó hacia su oído y le susurró:

"Tú, mi esclava, usarás esto porque soy tu Amo y eso me agrada".

Su mano dejó el juguete sobre el escritorio mientras acariciaba la suave piel de su trasero.

"Pequeña esclava, ¿quieres complacer a tu Maestro?, ¿verdad?"

Él habló y la acarició como lo haría con una mascota asustadiza.

Susurrando su necesidad de poseer cada parte de ella, dominarla y poseerla por completo.

Moviendo la mano acariciando la carne rosada y caliente de su trasero, pasando un dedo entre sus nalgas hacia su pequeño y húmedo coño, la provocó acariciando suavemente sobre sus nalgas, una vez más untando sus jugos, pero ahora sobre el agujero oscuro y fruncido de su trasero.

Levantando el juguete frente a su cara, le susurró:

"Usarás esto, esclava, para mí, tu Amo".

Rodando el juguete sobre su coño mojado, cubriéndolo con su corrida, lo presionó después contra su trasero.

Al verla tensarse y apretarse, él levantó la mano de su espalda y le golpeó el trasero ligeramente.

"Relájate, pequeña esclava, confía en tu Amo".

Empujó con más fuerza el pequeño tapón mirando su anillo anal lentamente comenzar a estirarse alrededor de él.

Sintió oleadas de emociones en conflicto rodando dentro de ella.

Como estaba a su merced, se mordió el labio sabiendo lo caliente que estaba para él.

Sus dedos penetrantes calentaron su sensible coño nuevamente mientras sentía su otra mano jugar en su trasero.

Ella se estremeció al escuchar sus susurros y sentir su polla dura contra su cadera.

Mientras él tomó el juguete y jugo más con su coño y culo hasta que ella no pudo más y ya estaba gimiendo de nuevo y moviendo las caderas.

Ella sintió que él movía el tapón de nuevo a su trasero y que lo presionaba contra ella.

Ella se tensó y él le dio una cachetada.

Cerró los ojos y respiró profundamente maullando ante la extraña sensación de tener el trasero jodido.

Se sentía tan grande dentro de ella, pero sabía que no era así.

Su mente se tambaleó entre el calor de su coño mojado y la sensación no tan dolorosa como excitante en su trasero cuando su anillo anal se apretó alrededor del tapón para mantenerlo en su lugar.

Él gruñó al ver desaparecer el tapón dentro de la chica que gimoteaba ante él.

Anhelando ver su rostro mientras ella usaba el tapón, la levantó con lo que la falda cayó en su lugar cubriendo su trasero.

Mientras lo miraba con los ojos húmedos y su rubor brillando en las mejillas de ella.

Le dio una palmada en el culo y con los dedos buscó el tapón y para jugar con él mientras observaba las emociones que le cubrían la cara.

Él le sonrió en su rostro suave mientras se inclinaba para besar sus temblorosos labios.

"Me has complacido mucho esta mañana, mi esclava. Pero te aviso que este será un día bastante largo para ti. Así que, si tienes algún plan para esta noche, necesito que lo cancele. Piensa en alguna excusa ". Él le sonrió.

"Y puedes decirles a tus padres que asistirás a una cena de socios comerciales conmigo ya que requeriré tus extraordinarias y únicas habilidades"

Ella le escuchó mordiéndose el labio, sonrojándose mientras él jugaba con el tapón en su culo y el apretar de su coño ante sus palabras.

'¡Ella lo había complacido!'

Ella estaba sorprendida de cómo esto la hace sentir con su beso añadiendo placer a su alegría.

Dio un paso adelante para rozar su polla, dándose cuenta de cuánto quería sentirla dentro de ella en lugar de los juguetes que la hacía usar cada día.

Él darse cuenta de esto hizo que sus mejillas ardieran aún más, su mente emulando su tono dominante:

'Tú, pequeña Susy, te has convertido en su puta'.

Ella no pudo evitar los sentimientos de alegría que tenía al complacerlo a la luz de las decepciones de ayer.

La vergüenza y la humillación de cómo lo complacía la invadió brevemente.

Él le inclinó la cabeza hacia arriba por la barbilla y la miró a los ojos viendo sus emociones en conflicto, sonrió y la besó profundamente.

Ella se derritió de nuevo.

* * *

Se sentó algo incómoda en su escritorio y llamó a sus padres para decirles que iba a ir a una cena de trabajo, a un amigo con el que había pensado que podría encontrarse para tomar un café después del trabajo, y al novio que ya había pospuesto para el fin de semana.

Así que las llamadas telefónicas se terminaron rápidamente y ella le envió a su Maestro un mensaje instantáneo para avisarle.

Él la llamó de regreso a su oficina y ella entró en la habitación cerrando la puerta detrás de ella y caminando hacia su escritorio antes de arrodillarse para colocarse delante de él.

La inspeccionó y ajustó su posición antes de continuar.

Ella escuchó atentamente mientras él explicaba la posición de rodillas para los esclavos: Las rodillas abiertas, las manos detrás de la espalda, la cabeza ligeramente inclinada hacia él y los labios abiertos.

Explicó la posición sentada de los esclavos, que era muy similar a arrodillarse, con la que ella podía descansar las rodillas sentándose con el trasero acunado sobre los talones.

Si le pidieran que se mostrara cuando estaba de rodillas o de pie, entrelazaría sus manos detrás de su cuello y tiraría de sus codos y hombros hacia atrás como lo había hecho antes.

Le pidió que practicara esto, mediante una orden de una palabra de arrodillarse, sentarse o exhibirse, mientras le contaba las tareas del resto de los días.

Habría un almuerzo tardío con algunos amigos de su club en la sala de reuniones de su oficina.

No se le requeriría cocinar o servir hoy, pero sería parte de sus deberes en otros momentos.

Le advirtió severamente que no debía dudar en obedecer sus órdenes hoy o que los castigos superarían con creces lo que ella experimentó ayer.

Ella se estremeció y susurró un:

"Sí, maestro".

"Confiarás en mí, pequeña Susy, de que de todas las posesiones que poseo, eres la más preciosa".

Él la miró a los ojos y vio que sus ojos se abrían con confusión.

"Sí esclava, eres de mi propiedad. Eres un tesoro precioso y eres mía".

Su cerebro le gritó:

"¡Una semana acepté, fue un juego!"

Su mente daba vueltas, "ni siquiera recordaba haber expresado su acuerdo para la semana. ¿Cómo había estado de acuerdo con esto? ¡Estaba hablando como si la quisiera mantener como su esclava para siempre!"

Su rostro mostró su creciente sensación de miedo momentos antes de que su boca descendiera sobre la de ella en un profundo beso apasionado.

Podía sentir su anhelo, su necesidad por ella, su amor en ese beso y se fundió en su mente dejando de cuestionarlo, recordándose a sí misma que él había prometido que hablarían al final de la semana.

Rompiendo su beso, se levantó y la dejó arrodillada sin aliento donde estaba y se volvió hacia su escritorio.

Colocó varios archivos en el borde de su escritorio, para que ella los entregara personalmente, y en el orden que los había dispuesto, a algunos de los ejecutivos, así como una lista que detallaba una variedad de tareas para toda la empresa, incluida la verificación de los preparativos de los alimentos para su almuerzo.

Ella asimiló todo lo que él le explicó y suavemente dijo:

"Sí, Maestro", cuando él parecía haber terminado, pero se quedó dónde estaba hasta que él le dijera lo contrario.

Mirando su reloj, sugirió:

"Será mejor que te apures, pequeña esclava, el entrenamiento ha tomado más tiempo de lo que había planeado y todavía tienes mucho que hacer antes de que lleguen mis invitados".

Él abruptamente regresó a su trabajo y ella se quedó arrodillada por un momento confuso antes de ponerse de pie, tomar los archivos y la lista y regresar a su escritorio para clasificar las tareas y la mejor manera de abordarlas.

Ella le envió un mensaje instantáneo para hacerle saber de su partida de su oficina.

"Date prisa entonces esclava. Tienes dos horas. No te entretengas porque por cada diez minutos que llegues tarde te castigaré"

Parpadeó este mensaje de respuesta en su pantalla y se fue apresurada.

Se encontró con que sus nuevos zapatos de tacón más altos de lo normal hacían que sus caderas se balancearan más, y la falda plisada rodara y rebotara con cada paso.

Sostuvo los archivos en su pecho para que las campanas no tintinearan.

Casi voló a las cocinas y hacia otras tareas antes de entregar los archivos para protegerse el mayor tiempo posible.

Sonriendo y hablando poco mientras iba a revisar las cocinas y otras pequeñas tareas fáciles de hacer, ella seguía muy consciente de la cadena y el tapón que usaba para él, preocupándose de que el calor que sentía constantemente entre sus piernas comenzaría a ser obvio para cualquier persona, por toda persona que la veía.

Revisó su reloj feliz con el tiempo que le estaba llevando y finalmente comenzó a entregar personalmente los archivos y las notas a los ejecutivos.

Consciente de lo corta que era su falda y de lo delgada que era la blusa sobre sus tetas encadenadas sin sujetador, se sonrojó furiosamente cuando los ojos de los destinatarios de los archivos la recorrían o se demoraban demasiado en ella.

Intentaba mantener los archivos que le iban quedando pegados al pecho, pero la mayoría de las veces le pedían que los dejara en la mesa y esperara mientras comprobaban qué era lo que ella les había traído.

* * *

Aunque había ido comprobando constantemente su reloj, se dio cuenta de que ya iba a llegar tarde de vuelta a su escritorio cuando llegó a su último recado, que era en el despacho de Alan Clarkson.

Al ver a Anne en su escritorio sonriéndole, Susan se sonrojó y se acercó.

"Gracias por el hermoso traje, Anne. Me sienta perfectamente". Susan casi susurró.

Anne se rio alegremente.

"¡Ya veo lo bien que te sienta! Oh, cariño, me parece fabuloso, aunque ya imaginaba que te sentaría muy bien. ¡Déjame decirle al Maestro que estás aquí que él también te querrá ver!"

"Tengo un archivo para él".

Ella exclamó, sacudida al darse cuenta de que Anne también era una esclava.

Susan la miró con ojos más críticos notando la forma en que estaba vestida.

"Genial. Así cumplimos dos objetivos con una visita", guiñó un ojo y volvió a reírse mientras tecleaba un mensaje instantáneo en la pantalla y esperaba una respuesta.

Ella se rio de su respuesta explicando que a él le gustaba la analogía de los dos objetivos.

Saliendo de detrás de su escritorio tomó a Susan por el brazo mientras la llevaba a la oficina de Alan Clarkson.

Alan salió de detrás de su escritorio.

"Dame el archivo y déjame mirarte Susan, cariño".

Él la miraba como un lobo hambriento extendiendo su mano para tomar el archivo.

Sonrojándose profundamente, le entregó el archivo.

Él emitió un sonido de "hmm" y la rodeó.

"Exhíbete, pequeña Susan".

Sus ojos se agrandaron y lo miró a la cara en busca de un chiste, pero no vio ninguno, así que amplió su postura y levantó las manos hacia la nuca detrás de su cuello.

"Ooh campanitas, que encantador. Sabía que a él le gustarían las 'campanas para su Susan'".

Él rio a carcajadas y le dio una palmada en el culo a Anne diciendo:
"¡No te lo dije!"

Sin saber qué hacer, y sin querer parecer desobediente, antes de que este Maestro volviera a ocupar su lugar mientras él la miraba, se quedó quieta.

"Salta Susan, quiero escuchar las campanas".

Ella saltó y él le hizo un gesto con la mano para que continuara.

Lo intentó, pero sus saltos fueron pequeños ya que se tambaleaba sobre sus zapatos de tacón alto haciendo una mueca cuando su falda se levantó y cayó mostrando su desnudez debajo de ella.

Casi se cayó en un momento hasta que él extendió la mano. y la agarró del brazo para estabilizarla.

"Gracias, señor Clarkson". Ella jadeó.

"Sabes, Susan, tienes las tetas juguetonas más vistosas que he visto en mucho tiempo. Deberías pensar en perforarte los pezones. Las tetas se te verían aún más apetecibles e irresistibles para tu Maestro". Alan dijo muy seriamente mientras la estudiaba.

Ella palideció mientras él hablaba.

Él debió haber visto la mirada en sus ojos ya que se volvió rápidamente hacia Anne.

"Quítate la blusa para que Susan pueda ver las tuyas".

Se volvió hacia Susan.

"Ella se los hizo poco después de unirse a la compañía".

Susan miró a la mujer rubia incapaz de mirar a los ojos a Alan mientras se sonrojaba aún más.

Anne llevaba un sostén que no cubría sus grandes senos, si no que más bien los sostenía como en una repisa.

Sus senos estaban adornaos con aros dorados, anchos y largos, colgando de sus pezones.

Susan se quedó paralizada hasta que Alan enganchó su dedo en el aro izquierdo y lo levantó, obligando a su seno a estirarse en forma de cono haciendo que Anne se quejara guturalmente.

Alan se lamió los labios y sonrió.

"Está simplemente hermosa, ¿no te parece Susan?"

"Sí, señor Clarkson".

"Irresistible como dije, pero todos tenemos que trabajar antes de poder jugar". Él dirigió su sonrisa contagiosa hacia ella y le guiñó un ojo, "Será mejor que corras hacia tu escritorio Susan, tu Maestro te estará esperando, estoy seguro. Hazle saber que miraré el archivo antes del almuerzo de hoy. Nos vemos allí".

Él se rio entre dientes y la envió de vuelta, aun sosteniendo a una Anne quejumbrosa por el anillo de oro.

"Sí, señor Clarkson", dijo Susan girándose y casi huyendo de la oficina, cerró la puerta silenciosamente detrás de ella.

Tomando una respiración profunda para calmarse, se apresuró a regresar al despacho de su Amo.

No queriendo detenerse ni hablar con nadie en la vuelta hacia su escritorio, caminó con la cabeza baja, ocultando su sonrojo y encorvándose para tratar de disfrazar sus tintineantes tetas.

Llegó a su escritorio a una velocidad récord y le envió un mensaje instantáneo para hacerle saber que había regresado.

LA HABITACIÓN DE CASTIGOS

Él la llamó de inmediato.

Se metió en su oficina y cayó de rodillas justo delante de la puerta.

Poniéndose de pie y caminando hacia ella en la entrada de la sala, él ladró:

"Sígueme. Llegas tarde".

Se puso de pie de un salto y corrió tras él a una habitación contigua sólo unos pasos detrás de él.

Esta habitación tenía una decoración extraña.

Él se giró.

"Desnúdate, pero quédate con las medias puestas".

Ella rápidamente acató el grito de sus órdenes, obedeciéndole sin pensar, quedándose desnuda y temblando, mientras las campanas de sus tetas tintineaban.

Su atención se centró en él mientras lo veía abrir un cajón y sacar un corsé blanco.

Pasando detrás de ella, la envolvió con el corsé alrededor de su cuerpo y comenzó a atarla apretando fuertemente su cintura.

Las solapas de copa seguían la curva de sus juguetonas tetas y terminaban justo debajo de sus pezones.

Los pequeños, duros y encadenados brotes de color rosa sobresalían por encima de la cadena de oro y las campanas, agregando su cancioncilla a sus gemidos.

Mientras, ella permanecía quieta mirando sin ver la pared para después concentrarse en sus manos apreciando la sensación del corsé con el que él la estaba atando.

Le dio una palmada en el trasero cuando terminó.

Ella chilló de sorpresa más que de dolor cuando la levantó como una muñeca y la arrojó, sujetándola a una viga acolchada que formaba parte de los muebles extraños de esta habitación.

Era alta y se encontró colgando de las piernas y pateando la viga para recuperar el equilibrio cuando una vez más golpeó su trasero hacia arriba.

Se alejó un poco preguntándola.

"¿Qué te llevó tanto tiempo, pequeña esclava? ¿Perdiste tiempo para que todos los ejecutivos vieran lo gran puta que eres con tu nueva ropa y accesorios?"

Ella gimió, sonrojándose aún más.

Su rostro se puso rojo escarlata cuando la mano se imprimió en su trasero.

Ella sintió que él se movía y se rozaba contra ella mientras sus dedos abrieron sus nalgas manoseándola.

Ella lo miró por encima del hombro mientras él miraba su trasero y se sonrojó aún más, su humillación por desagradarlo y la posición vulnerable en la que estaba haciendo que se doblegara ante sus palabras.

Su respiración era dificultosa por el corsé apretado por lo que comenzó a jadear y a gemir.

Las manos de él separaron sus nalgas y bajó la mirada hacia el obstinado juguete, mientras ella temblaba con el culo apretándolo.

Pasó las manos sobre su piel lisa y se deleitó con el hecho de que ella era suya para dominarla y disfrutar de ella como deseaba.

Observando su reluciente coño mojado mientras sus dedos jugaban con el tapón gruñó:

"Puedo ver que has disfrutado usando esto para mí, pequeña zorra".

Él habló con un filo en su voz mientras apretaba ligeramente el tapón para que lentamente se le estirara de nuevo el ano ante sus ojos.

Ella gimió, casi sin aliento.

"Sí, Maestro".

Él sonrió disfrutando de la vista y el sonido de este cuerpecito perfecto.

Su música quejumbrosa en sus oídos mientras le quitaba el tapón, observando lentamente el anillo de su ano abrirse y apretar lentamente como una estrella oscura y apretada.

Se burló una vez más de ella con su dedo:

"¡Cada parte tuya es mía, pequeña esclava! Nada está fuera de los límites de tu Amo".

Su dedo empujó dentro de ella escuchándola gritar en respuesta a él.

Podía sentir su hambre por él apenas controlada, por lo que alejó su mano y se alejó de ella gruñendo:

"Entiendes que necesito castigar tu tardanza ahora, ¿verdad?"

"Si señor."

Sintió la picadura en el trasero, no tan fuerte como ayer, pero lo suficiente como para hacerla exclamar y perder el equilibrio en la viga otra vez mientras se sacudía y mecía.

Podía sentir el verdugón, un hormigueo ardiendo en su carne y comenzó a soltar disculpas y excusas.

La silenció con otro golpe punzante de un látigo.

Continuando mientras sus dedos recorrían los dos ribetes.

"Debes haber estado perdiendo el tiempo, ya que llegaste cuarenta y cinco minutos tarde".

El látigo la golpeó nuevamente dos veces seguidas y ella chilló y se sacudió sobre la viga.

"Y por los cinco minutos adicionales ..."

Él látigo aterrizó con dureza en sus muslos.

Gimió con lágrimas que empañaban su rostro cuando las ronchas punzantes irradiaron un dolor ardiente en su cuerpo.

Podía ver su coño brillando de humedad, así que movió el látigo entre sus piernas frotando la punta plana de cuero sobre su clítoris.

Ella jadeó y se sacudió.

Él continuó jugando con ella acercándose forzando un dedo hacia su trasero mientras ella temblaba y gemía con las caderas balanceándose entre su mano y el látigo apretado contra su clítoris hinchado.

Él comenzó a bombear su dedo más fuerte en ella agregando un segundo dedo mientras ella se resistía y maullaba en su necesidad.

Ella se vino explosivamente casi cayéndose de la viga, pero la mano de él se clavó en su trasero.

"Qué puta tan traviesa eres, ¿no? Cómo te gusta el dolor"

Él retiró los dedos de ella mientras observaba su cuerpo estremecerse con espasmos.

"Tienes que esperar hasta que tu Amo te diga cuando te puedes correr, esclava"

El látigo mordió su carne una vez más y ella gritó.

"¿Me entiendes, esclava?"

"Si señor."

Ella aulló cuando el látigo le envió un dolor muy ardiente a sus muslos nuevamente.

Sintió más que vio la pequeña tira elástica de tela que él le metía por sus piernas y se acomodaba alrededor de sus caderas antes de que él la apartara de la viga y la levantara sobre piernas temblorosas.

Miró hacia abajo, la tira de material estaba hecha lo suficientemente ancha como para cubrir su sexo y al principio pensó que podría ser como un cinturón.

"Esclava de exhibición", dijo él mientras llevaba las manos a la cintura y ensanchando y ajustando la postura de los muslos y el culo con cada movimiento.

Ella se daba ahora cuenta de que era una especie de falda para exhibirla.

Se acercó a un armario y sacó un par de zapatos de tacón blancos, colocándolos a sus pies para que se los pusiera.

Él la rodeó, sus dedos trazando sobre las líneas rojas ribeteadas que se veían debajo de la llamativa falda.

"Nunca te has visto más Susan que ahora, Susy".

Se inclinó besando las huellas de lágrimas debajo de sus ojos todavía acuosos, hablando suavemente.

"Mmm, mi pequeña zorra, me encanta ver tus demostraciones de ansiedad, pero estamos esperando invitados, así que ve al baño privado en la segunda puerta a la derecha. Allí encontrarás tus marcas de maquillaje habituales. Arregla tu cara y tu cabello ".

Le tendió una cinta recubierta de oro.

"Ponte esta cinta. Sin perfume. Y vuelve a mi escritorio".

Entró en el baño y se paró frente al espejo de cuerpo entero.

"¿Quién es esa chica?" pensó. "¿Qué le había pasado a la 'buena chica' que había sido toda su vida? ¿Cómo se había convertido en la puta que veía en el espejo?"

Se movió y se retorció al notar que la falda no cubría su coño o culo en absoluto, sino que resaltaba sus ronchas y su constante estado de excitación.

"Es un juego" pensó, sabiendo en su cabeza que estaba mucho más allá de un juego y que todo lo que podía hacer era esperar hasta el final de la semana.

"Al final de la semana, ¿qué pasaría entonces?"

Sus preguntas silenciosas se detuvieron, mientras pensaba en esa cuestión.

"Respira", se dijo a sí misma, "Solo respira y obedece".

Se liberó de sus constantes preguntas y volvió a aplicar su maquillaje en su cara.

Se recogió el pelo ondulado en una coleta apretada y volvió a caminar hacia el espejo de cuerpo entero.

"Respira, solo respira y obedece". Ella se repitió.

Echando un último vistazo y respirando lentamente, volvió hacia él caminando hacia su escritorio y arrodillándose ante él como le había enseñado.

La observó caminar con las mejillas redondeadas de su culo deliciosamente expuestas, las ronchas se mostraban rojas y furiosas mientras caminaba cuidadosamente sobre los tacones haciendo que sus caderas se balancearan como una puta dispuesta para el placer.

"Es mía" se dijo casi incrédulo.

Su entrenamiento había progresado tan bien esta semana; mejor de lo que él podría haber esperado.

Cada obstáculo que él puso parecía superarlo con relativa facilidad.

Constantemente le preocupaba que fuera demasiado rápido, ella casi huyó ayer, y había visto temor en sus ojos hoy en la mañana, pero al final siempre había obedecido.

Su sumisión casi había sido criada en ella por la combinación de su padre dominante y su madre de naturaleza dulce.

La había deseado por tanto tiempo.

Descubrir su ansia de dolor erótico solo alimentó su deseo de dominarla.

No quería dejarla ir al final de la semana, aunque sabía que podía obligarla a seguir siendo esclava por chantaje o coacción, sabía que ese tipo de relación nunca cumpliría sus deseos.

Necesitaba un vínculo de confianza y amor mutuo, para que ella deseara su dominio como él deseaba su sumisión total.

La miró durante largos momentos mientras ella estaba arrodillada ante él.

Había trabajado duro para llegar a este punto en su vida.

Tenía su propia compañía y su club que alimentaban sus deseos más oscuros de dominar y controlar todo en su vida.

Tenía una esposa, una familia y un hogar, la envidia de muchos, pero nunca todo eso había sido suficiente.

Podía tener a cualquier esclava en la compañía o el club, y había usado muchos de ellas en alguna ocasión.

Pero había buscado a la que podía poseer y amar al mismo tiempo, algo que siempre se le había eludido.

Él la miró a los brillantes ojos verdes.

Susan era diferente, su deseo era que ella fuera mucho más que un cuerpo para usar y abusar a voluntad.

Quería poseer, controlar y cuidar a la pequeña chica, dominar cada parte de su vida y mostrarle cuán profundo puede ser el amor de una esclava y un Amo.

Qué diferente de la de marido y mujer, o amantes, sino que era mucho más profunda y de confianza.

Tomando una cinta de terciopelo blanco de su escritorio, se inclinó hacia adelante para besarla profundamente.

Mientras colocó la cinta en su lugar alrededor de su cuello.

Ella se sobresaltó cuando escuchó el chasquido del clip cerrándola como una gargantilla apretada.

Sus manos continuaron acariciándola mientras el beso se demoraba.

Él le acarició sus hombros y bajó por su pecho, para pellizcar los pequeños brotes duros sacudiéndolos para escuchar el sonido de las campanas y el gemido de ella en su beso.

Rompiendo el beso, se puso de pie acercándola hacia él por sus pezones.

"Nuestros invitados llegarán pronto, ven mi pequeña esclava".

La llevó a la sala de reuniones y la empujó delante de él, simplemente dijo:

"Ponte allá".

Él la observó mientras ella se mordía el labio y miraba la cantidad de sillas.

Se acercó a la cabecera de la mesa ovalada y se arrodilló en el suelo junto a lo que pensó que sería la silla de él.

"Muy bien, mi pequeña esclava que de cosas has aprendido bien hoy".

REUNIÓN CON LOS AMOS

El personal de la cocina había llegado con la comida y estaban ocupados en la pequeña cocina preparando los últimos detalles del banquete.

Mientras, su Amo tomaba una silla de gran tamaño y le indicaba que se sentara a su lado señalando un lugar en el piso.

Ella hizo una mueca cuando tomó su lugar y escuchó mientras él le hablaba suavemente:

"Los hombres que vienen hoy son algunos de mis amigos más antiguos. Ellos también son Amos y traerán a sus esclavas con ellos".

Él la observó mientras ella asimilaba sus palabras y luego continuó:

"Les obedecerás como me obedecerías a mí. Pero no dejaré que te perjudique, pequeña Susy".

Ella se mordió el labio, las ronchas que decoraban su trasero y sus piernas todavía palpitaban con la evidencia de lo que sucedería si ella le decepcionaba.

Levantó la vista cuando él se calló, y mirándolo a los ojos, susurró:
"Sí, Amo".

Estaba a punto de preguntar algo más sobre sus invitados cuando un hombre que sostenía a una chica con una correa entró en la oficina.

Él sonrió cálidamente, extendió una mano agarrando la de Robert y la sacudió firmemente.

"¿Somos los primeros en llegar?"

"De hecho, Steve, así es. Me alegro de verte". Bajó la mirada y preguntó: "¿Y cómo estás hoy, Shaky?"

Susan se sorprendió cuando la chica respondió con un "Hiip", como el sonido de un perro pequeño y se retorció cuando él le dio unas palmaditas en la cabeza.

Susan la miró con más atención al darse cuenta de que llevaba un collar de cuero rojo con la palabra 'perra', escrita con diamantes, por delante.

Susan estaba admirando el traje de encaje que llevaba la esclava cuando escuchó su nombre y levantó la vista, sonrojándose, cuando el otro Amo la saludó.

"Mucho gusto señor", le salió con una voz bien chillona mientras se sonrojaba aún más profundamente, muy consciente de lo expuesta que se sentía.

Su atención volvió a la puerta cuando escuchó la fuerte risa de Alan Clarkson, quien entró con un hombre idéntico al hombre que acababa de saludarla.

Susan miró de uno a otro su cabeza girando mientras observaba a los dos amos gemelos.

Aturdida, tardó un momento en darse cuenta de que una esbelta chica seguía en silencio detrás del par de Amos que se reían.

El que había entrado con Alan era el Amo John, hermano gemelo de Steve, seguido por una chica esbelta, su esclava Samantha.

Por supuesto, también iba detrás Anne, que sonrió y le guiñó un ojo.

Los dos últimos miembros del grupo llegaron con sus chicas en cuestión de minutos.

Susan se sentó en silencio tratando de no llamar la atención mientras los hombres se saludaban entre ellos y a las chicas.

Ella inclinó la cabeza y sonrió cuando fue saludada, pues no confiaba en la voz chillona que había saludado al primer Amo

Por eso se mantuvo en silencio en su nerviosismo.

Todos se trasladaron a la sala de reuniones, a la que el talentoso personal de cocina le había dado el ambiente de un viejo comedor.

Susan estudió a los últimos invitados.

El Amo Barry era un hombre corpulento, vestido más informal que los otros Amos, ya que iba en jeans y una chaqueta que parecían extraños en contraste con los trajes finamente elaborados de los otros amos.

Le seguía Cinthia, una rubia alta y de constitución atlética cuyos músculos parecían ondularse con cada movimiento.

El último par era el del Amo James, un caballero mayor con ojos azules brillantes que era seguido por Amy, una chica gordita con una boca de pequeñita que la hacía parecer un ángel de cupido.

Todas las chicas se sentaron como ella al lado de las sillas de sus respectivos amos cuando los camareros entraron con vino y comida para el primer plato.

La mano de su Amo la alimentó con pequeños bocados de su plato y ella se deleitó con el sabor de la rica comida.

Observó a las otras chicas mientras los Amos hablaban de negocios y amigos mutuos.

Anne estaba inclinada con sus brazos alrededor de la pierna de su Amo, Shaky parecía acurrucarse sobre los pies del suyo, Amy había descansado su cabeza sobre el muslo de su Amo y Cinthia parecía casi sacudir su cola de caballo con pequeños movimientos de su cabeza.

Anne le llamó la atención y le guiñó un ojo.

"Necesitamos una campana de servicio aquí Robert, ¿dónde están esos camareros?" Se quejó el Amo James.

"Tal vez podríamos sacudir a Susan en su lugar" Alan se rio.

Los ojos de los Amos mayores se iluminaron ante la perspectiva y luego fruncieron el ceño.

"Una chica tan bajita que dudo que pueda hacer suficiente ruido".

Robert se rio afablemente.

¿Alguna vez dejas de quejarte, James?"

"Podría hacerlo si le das una sacudida a esa pequeña chica tuya".

Susan vio como su Amo se agachaba y tiraba de la cadena entre sus pezones y la sacudía haciendo sonar las campanas dulcemente.

"Supongo que tenías razón, James, no hace mucho ruido".

Después de decir esto, su mano arremetió con la velocidad del rayo golpeando su teta derecha haciendo que gritara más sorprendida que dolor.

"¿Fue eso mejor?"

"Eso fue apenas más que un chirrido".

James sonrió y sus ojos azules brillaron hacia ella.

Como si hubiera sido a una respuesta del llamado chirrido, aparecieron los camareros y retiraron los platos reemplazándolos con comida más suntuosa.

Los Amos volvieron a hablar de negocios mientras que una vez más Susan se dedicó a estudiar a las chicas.

Se preguntó si eligieron ser esclavas o si, como ella, quedaron atrapadas en esa situación.

Pero ¿ella estaba atrapada?

Al principio tal vez, pero ahora no estaba muy segura de eso.

Tal vez le estaba empezando a gustar más que nada.

Miró a su alrededor nuevamente al grupo y sacudió la cabeza.

Esto casi no parecía real.

La normalidad de sentarse y recibir pequeños bocados con la mano del plato de sus Amos como si esto se hiciera todos los días.

¿Tal vez había quedado tan atrapada en este juego que ya no consideraba su esclavitud como algo malo?

Sus pensamientos corrían por su mente mientras obedientemente abría y cerraba la boca para otro bocado.

Se preguntó si las afectaciones de las chicas eran parte de su propia personalidad o si habían sido moldeadas a la voluntad de sus amos.

Y se preguntó también cómo la debían de mirar estas chicas, con su constante sonrojo e ingenuidad,

¿Podrían decir que no era una verdadera esclava?

Perdida en sus propios pensamientos, no había estado escuchando las conversaciones de los Amos y se sorprendió cuando los otros Amos comenzaron a levantarse y salieron de la habitación dejando a las chicas solas.

Levantó la vista con curiosidad hacia su Amo cuando él también se levantó.

Él se agachó y le acarició el cabello suavemente.

"Regreso pronto pequeña".

Ella asintió levemente y los observó irse.

Tan pronto como la puerta se cerró, la gordita Amy se levantó y examinó la mesa antes de deslizarse en el asiento vacío de su Amo y levantar su copa de vino casi llena hasta sus labios diminutos.

Samantha puso los ojos en blanco.

"Eres una mocosa, Amy, es mejor que no dejes que te atrapen allí".

"Dale un respiro, Samantha, tú no eres la chica más antigua aquí". Shaky intervino: "Amy siempre es una mocosa que no cambiará, además, tenemos que divertirnos con la nueva chica". Ella lanzó una sonrisa con dientes en dirección a Susan. "Debes contarnos encantadora Susan, cómo atrapaste al esquivo Amo Robert".

Ella se había arrastrado más cerca de ella y se acostó boca abajo con las manos apoyando la barbilla mientras esperaba una respuesta.

¿Cómo podría decirles a estas chicas que fue atrapada?

Que no sabía nada sobre la esclavitud y que esto había comenzado como un juego para ella.

Los pensamientos de Susan se aceleraban y se sonrojó profundamente cuando las chicas se la quedaron miraron esperando una respuesta.

Samantha la rescató:

"No creo que Susan tuviera alguna idea de todo esto, cariño".

Susan sacudió la cabeza bajando los ojos.

Y Samantha continuó susurrando conspiradoramente a las demás:

"Nunca había sido una esclava antes de esta semana". Se volvió hacia Susan y le dirigió una sonrisa tranquilizadora, "no te preocupes cariño, estas chicas realmente no van a divertirse contigo. Dejamos eso a los Amos". Ella se rio.

"¡De ninguna manera! ¿Es eso cierto?" Shaky miró a Susan a la cara con ávida curiosidad.

Amy también se acercó, "Bueno, bueno, una dulce chica inocente, quien hubiera pensado que eso era lo que el Amo Robert estaba buscando, sorprende saber sus gustos".

Susan trató de evitar su propia sorpresa mientras hablaban de ella, pero podía sentir el calor del sonrojo llenando sus mejillas.

Amy continuó: "Tu Amo nunca ha tomado una esclava como suya antes. ¿Crees que te mantendrá?"

Susan levantó la vista con los ojos muy abiertos y chilló:

"¿Mantenerme?" ella sacudió la cabeza, "Pensé que iba a ser un juego divertido, pero ahora todo está confuso en mi mente. Con todos ustedes aquí, parece lo más normal del mundo, pero no sé realmente qué estoy haciendo la mayor parte del tiempo ".

"Oh, cállate cariño, todo está bien". Samantha dijo con un guiño: "Te he observado toda la semana y estás más increíble cada día que pasa".

Shaky sonrió. "¡Realmente eres una novata, no! Pues que sepas que, si te ha dejado conocer a todos nuestros Amos, es que creo que planea mantenerte cerca por un tiempo". Shaky lamió la mejilla de Susan haciéndola reír, "Y sería bueno el tener una nueva compañera de juegos, ¿o es que prefieres a Samantha?"

Amy bajó la vista de la mesa y frunció los labios:

"Hay muchas esclavas en el club que han estado sufriendo por llevar el collar del Amo Robert. Si decide quedarse contigo, deberíamos poder escuchar los gritos de lamento de todas ellas." Ella se rio aplaudiendo y tomando otro sorbo del vino de su Amo. "Me encantaría ver algunas de sus caras cuando se enteren".

"Supongo que lo que quieren decir las chicas es que parece que el Amo Robert planea mantenerte con él". Anne se detuvo al ver la ansiedad en los ojos de Susan. "Te gusta ser su esclava, ¿verdad?"

Susan se sorprendió por la pregunta.

¿Le gustaba?

Se mordió el labio mientras pensaba en ello.

Se había estado diciendo a sí misma que era una buena chica forzada a la esclavitud, pero ¿cómo podía decirle eso a estas chicas?

Quería desesperadamente preguntar cómo se convirtieron en esclavas.

¿Tuvieron la opción de decidir si estaban ... de acuerdo?"

Cinthia movió su cola de caballo, resopló ligeramente y ladeó la cabeza.

Amy se deslizó hacia el suelo señalando con el dedo a Cinthia y susurrando:

"¡No sé cómo hace eso!"

Un momento después, la puerta se abrió y llegaron los camareros para limpiar la mesa.

Cada una de las chicas permaneció en silencio en el lugar mientras los camareros trabajaban rápidamente para rellenar la mesa con frutas y quesos y las dejaron solas una vez más.

De nuevo, todas las demás chicas miraron a Susan aun esperando algún tipo de respuesta.

"No sé lo que estoy haciendo y mucho menos lo que quiero", dijo Susan con tristeza. "Esto es diferente a todo lo que he experimentado antes. ¡Todas ustedes parecen tan agradables, tan, umm normales!" Cinthia resopló y levantó una ceja. "Bueno, ya sabes lo que quiero decir, para el mundo normal, el estereotipo de una esclava sexual es ...", buscó la palabra correcta.

Rindiéndose, ella se encogió de hombros.

"Oh, está bien muñeca", Anne salió en su defensa. "Conocemos el estereotipo, pero mantén los ojos y la mente abiertos a todo lo que ves y oyes y te darás cuenta de que no hay nada normal en todo este mundo. Piensa en el sexo como un helado, si a todos les gustara la vainilla, qué mundo tan aburrido sería".

Amy puso los ojos en blanco y luego asintió hacia Susan.

"El helado es una analogía vieja y pegajosa, pero funciona. A la gente le gustan diferentes cosas, comida, autos, ropa y sexo. Diría que debes decidir por ti misma, pero creo que esa decisión fue ya tomada por ti".

Susan se mordió el labio y estaba a punto de protestar que tenía un día más para decidir, pero su sistema de alerta temprana, Cinthia, los hizo volver a su lugar justo cuando los Amos regresaban a sus asientos y hablaban jovialmente sobre asuntos del club y conocidos mutuos.

Después de lo que parecieron horas, pero probablemente no fue más de una, Amy sofocó un bostezo sin mucho éxito y llamó la atención de la mesa.

El Amo James miró hacia abajo, "Bueno, eso es lo que obtienes por quedarte despierta más allá de tu hora de dormir, nena".

Miró hacia arriba haciendo un puchero y comenzó a protestar, "Pero ..."

Una mirada severa de su Amo congeló su lengua y se disculpó y se arrodilló poniéndose más recta.

James luego sonrió y revolvió sus rizos

"¿Por qué no le preguntas al Amo Robert si puedes jugar con las campanas de Susan para mantenerte ocupada por un poco más de tiempo y luego ya te llevaré a casa, pequeña?"

La travesura brillaba en sus ojos cuando se puso de pie y tan dulcemente se volvió hacia Robert diciéndole.

"Oh, por favor, Amo Robert, ¿puedo? Son unas campanitas tan bonitas y usted tiene una esclava tan hermosa".

"¿Cómo podría decirle que no a una chica tan dulce?" Robert sonrió.

"¡Gracias Amo Robert, gracias!" Amy burbujeó y desapareció debajo de la mesa para arrastrarse hacia Susan.

"Parece que ahora está despierta". Alan soltó una carcajada cuando Shaky dio un grito emocionado y se calmó con un tirón rápido de su correa.

"Parece que todas quieren jugar con la chica nueva". Barry murmuró.

Robert le sonrió.

"No puedo decir que las culpo, me gusta mucho jugar con ella".

Esto fue recibido con muchas risas y se encontró una vez más sonrojándose furiosamente bajo el escrutinio de la sala.

Amy estaba felizmente sentada a su lado jugando con los pezones de Susan y haciendo sonar las campanas en varios tempos mientras la conversación continuaba a su alrededor.

Sintió que su Amo jugaba con su cola de caballo y la miró a los ojos penetrantes.

Se le cortó la respiración y sus propios ojos se abrieron de par en par cuando sintió que la boca de Amy se apretaba alrededor de su pezón.

Mientras tocaba las campanas con sus dedos, su lengua la movía sobre su duro punto rosa.

Los ojos de su Amo brillaron y arrugaron las esquinas en una sonrisa que no se encontró solamente en su boca.

"Parece que mi chica está demasiado excitada como de costumbre, será mejor que la lleve a casa o estará demasiado nerviosa para dormir de nuevo. Vamos, chica, vamos a llevarte a casa". El Amo James se puso de pie mientras hablaba.

Amy echó la cabeza hacia atrás y soltó el pezón que había estado amamantando con un fuerte estallido.

Mirando hacia arriba, suavemente preguntó:

"¿Puedo besarla para despedirme?"

"Sí nena. Después dale las gracias al Amo Robert y nos iremos".

Amy colocó una mano en la mejilla y la otra en el cuello de Susan sosteniéndola en su lugar mientras presionaba sus labios contra los de ella.

Susan sintió la lengua insistente y separó mansamente sus labios cuando la gordita la besó suave pero profundamente explorando su boca con una lengua revoloteante dejando a Susan sin aliento al final del beso.

"Adiós, mi nueva amiga, espero que nos veamos muchas veces más. ¡Tienes que venir a una cita para jugar, tengo muchos juguetes geniales!"

Ella gimoteó cuando su Amo se aclaró la garganta y se puso de pie, "Gracias por dejarme jugar con Susan Amo Robert".

"De nada, cariño, duerme bien. Tu viejo y gruñón Amo se ve demacrado".

Amy puso su cara inocente más seductora, "¿Crees eso?" Miró a su Amo de arriba abajo, "Quizás debería sacar mi kit de enfermeras cuando lleguemos a mi casa y darle una revisión".

"Oh, creo que eso es definitivamente lo que necesita, querida. Ahora vete y vayan a casa".

James gimió, "Gracias por eso mi amigo, tal vez la próxima vez pueda llenar la cabeza de Susan con tareas para mantenerte ocupado".

Amy sonrió y se volvió hacia la mesa, "Adiós Amos y chicas".

Luego tomó la mano de su Amo y procedió a sacarlo de la sala mientras él decía adiós.

Steve se rio diciendo en voz baja a John:

"Oh, creo que será otra noche memorable para esa mocosa descarada".

John se rio entre dientes.

"A menos que James decida azotarla en el largo viaje a casa".

"Cinthia y yo también tendríamos que estar en camino ya, quiero ir al club de monta y tenemos mucha preparación por hacer". Barry retumbó en su profundo tono barítono.

Robert se puso de pie y sonrió.

"Ah sí, por supuesto. Fue una suerte que estuvieras en la ciudad para nuestra reunión. Gracias por venir Barry".

Robert caminó hacia la puerta de la sala antes de volverse e indicar a los demás:

"¿Por qué no nos movemos a las sillas más cómodas a medida que se acerca la noche? La vista es bastante buena allí".

Los Amos se levantaron y los siguieron con sus chicas detrás.

Anne empujó a Susan para que se moviera.

Había estado observando a Cinthia y su andar con sus piernas largas cuando la referencia al club de monta finalmente hizo clic en su mente.

Miró más críticamente a las otras chicas que tratando de ver sus cualidades, por así decirlo.

Shaky era una adorable cachorrita y Anne era una chica exuberante, sexy, pero Samantha la confundía.

Susan se quedó perpleja al ver a la chica caminar, era tan graciosa como si fuera una bailarina.

Susan una vez más se sintió fuera de su lugar, no había nada especial en ella y tenía mucho que aprender.

Se dio cuenta de que nunca podría ser especial como estas chicas y que su Amo solo había estado jugando con ella.

Con esto se dio cuenta de que él no lo haría, no podría mantenerla como su esclava si no tenía una cualidad especial.

Sintió una oleada de alivio en ella ya que no tendría que decidir por sí misma.

Pero rápidamente la sensación fue seguida de una punzada de tristeza.

Se mordió el labio perdida en sus pensamientos, siguiendo a su Amo hasta su silla y sentándose a su lado.

Ella se sacudió de nuevo los pensamientos de la cabeza cuando su Amo envolvió su mano en su cola de caballo una vez más y lo miró.

"Ey John, haz que tu chica me sirva, hermano, esta esclava es inútil con cualquier cosa que no venga en una botella o lata".

Steve le dio un codazo a Shaky con el pie y ella le gruñó suavemente, lo que le hizo fruncir el ceño.

Con un movimiento de cabeza de su Amo, Samantha se movió hacia el Amo Steve con sus pies bailando.

Ella presionó su cuerpo contra él lamiendo su cuello hasta su oreja, mordisqueando suavemente y ronroneando:

"Amo, ¿qué quiere que le consiga esta esclava esta noche?"

"Un whisky escoces por favor, encantadora".

Samantha se desplegó de su cuerpo, girando sobre las puntas de sus pies y ella se deslizó como patinando hacia la cocina.

Limpió un vaso nuevo y se giró ligeramente para ofrecer a los observadores una vista del contorno sensual y curvo de su cuerpo mientras deslizaba el borde del vaso hacia arriba y sobre la hinchazón de sus senos, temblando y respirando profundamente.

Susan la miraba fascinada.

Anne llenó el vaso hasta la mitad antes de abrir la puerta del congelador dejando que el aire frío la envolviera.

Este aire hizo endurecer sus pezones, dejando ver claramente sus puntas puntiagudas bajo la fina prenda de seda que llevaba.

Agarró hielo y lo dejó caer en el vaso con un tintineo agudo.

Cerró la puerta del congelador con un movimiento de cadera y se echó hacia atrás, sacudiendo la cabeza y haciendo que su cabello cayera en una ola de seda oscura.

Ella se volvió hacia el Amo, sus pechos rozaron su brazo, y levantando el vaso a sus labios primero, para besar el borde, ronroneó:

"Su whisky, Amo Steve, esta esclava espera que su servicio le haya complacido".

"Servicio exquisito como siempre, y algo dulce. Ahora vuelve a tu Amo antes de que olvide a quién perteneces ".

Susan estaba asombrada de cómo Samantha hizo que servir una copa pareciera tan sensual.

Se encontró con ganas de poder hacer eso y levantó la vista para ver la reacción de su Amo solo para encontrarlo observándola atentamente.

Sus pensamientos saltaron en su cabeza.

¿Sería tan graciosa para complacerlo?

Quizás ella podría aprender a ser tan elegante y atractiva, y tal vez entonces el Amo querría quedarse con ella.

Ella se había convencido de que la enviaría lejos después de que terminara la semana.

Al verse atrapada en su pensamiento hacia adelante, volvió a preguntarse: "¿Era esta la vida que quería, que fuera poseída como esclava, que le negaba su libertad de elección al obedecer todas sus órdenes? ¿Podía aprender a ser especial de una manera que lo hiciera complacer?"

Su deseo de complacerlo una vez más ahogó todas sus otras preguntas y volvió a prestar atención a los Amos que continuaban bromeando mientras la tarde se acababa y el cielo se volvía negro como la tinta.

Los Amos gemelos rechazaron otras bebidas alegando que tenían un compromiso en el club esa noche, y Alan también declaró que estaba con ganas de visitar el club y ver lo que había en exhibición.

Robert se negó a unirse a ellos alegando que todavía tenía trabajo que atender.

Se puso de pie para caminar hasta la puerta de la reunión charlando amigablemente y Susan le siguió en silencio agradeciendo a Anne por todo su apoyo durante la larga tarde y noche.

"Ah cariño, no fue nada, todos hemos sido nuevos en algún momento en este estilo de vida".

Besando a Susan en la mejilla, Anne siguió a Alan al ascensor.

Cuando el elevador finalmente se cerró, Robert se giró y regresó a la oficina, seguro de que ella lo seguiría.

Cuando ella se arrodilló ante él, sentándose sobre sus talones, él se inclinó hacia delante para acariciar su mejilla.

"Estoy muy contento con tu actuación hoy, chica".

Se inclinó para besarla profundamente y ella sintió mariposas revoloteando en su barriga y una emoción recorrió su columna vertebral.

¡Estaba contento!

La alegría que sentía era palpable combinada con su beso.

No pensaba en nada más que en cómo sus palabras y su tacto la hacían sentir.

"Ahora que nos hemos asegurado de que tengas la noche libre, vamos a jugar un juego Susy. Sé cómo te gustan los juegos". Él le sonrió con una sonrisa de complicidad.

"Si señor." Ella susurró.

Había esperado que con la desaparición de los invitados se le permitiera ir a casa y relajarse.

Había sido un día muy largo y estaba muy confundida, con todos sus pensamientos enredados en su mente.

Él continuó:

"Cada uno podemos hacer tres preguntas sobre esta noche. Puedes preguntarme cualquier cosa que desees saber sobre nuestros invitados y la tarde. Te haré preguntas sobre lo que espero que hayas aprendido. Y como siempre, si no estoy satisfecho con tus respuestas habrá consecuencias ".

Se retorció sabiendo que no prestaba suficiente atención a los pequeños detalles y su mente divagaba a menudo,

Debería haber presentido que habría una prueba, él siempre la estaba probando de alguna manera.

Pero ella asintió y susurró:

"Sí, Amo".

"Bien entonces, ahora comencemos, dame el nombre de cada invitado y su esclava".

Respiró hondo, y con un temblor en su voz comenzó:

"Alan Clarkson y su esclava Anne, Steve Goodman y su esclava Shaky, John Goodman y su esclava Samantha, James Smith y su esclava Amy, y Barry Collins y su chica Cinthia ".

Se mordió el labio, sin haber sido presentada formalmente, había escuchado los nombres y unió los apellidos por su conocimiento práctico de las notas y correos electrónicos que les había enviado como su asistente.

"Muy impresionante", sonrió, "pero me temo que como esclava, que era tu único papel esta noche, cada uno debería ser tratado como Amo seguido de su primer nombre". palmeó su regazo cuando vio caer su labio inferior, "Sobre mi regazo, pequeña Susy".

Las ronchas dolorosas que la habían marcado como una puta al principio del día se habían desvanecido hacía mucho tiempo.

Pasó su mano sobre su trasero hacia arriba suavemente antes de golpearlo con fuerza y ver cómo la huella de la mano comenzaba a brillar rosa en su piel suave.

Ella se mordió el labio gimiendo mientras movía las piernas.

Mientras, la mano de él descendía cuatro veces más, una para cada uno de los Amos que habían asistido al almuerzo tardío.

Algunas lágrimas se habían derramado en sus mejillas, más por decepcionarlo que por los golpes, cuando él le tocó el culo y sugirió:

"Tu turno".

Ella pensó y preguntó:

"Cada una de las chicas era especial de una manera única, como Shaky era una chica cachorro, ¿están entrenadas para ser así por sus Amos o es así como son naturalmente?"

"Algunas esclavas tienen predilección por un determinado papel y serán tomadas por un Amo y entrenadas para sus deseos y necesidades". Hizo una pausa por un momento antes de continuar, "Algunos Amos prefieren un lienzo en blanco y tomarán a una chica y la moldearán a su gusto. Sin embargo, para cualquiera de las dos posibilidades, la chica debe tener una sumisión natural. Forzar la esclavitud a una chica no siempre resulta tan bien como a un Amo le gustaría ".

Su mente dio un vuelco.

¿No estaba siendo forzada?

Había comenzado como un juego.

Ella había aceptado ser suya y obedecerlo por completo durante una semana.

Admitió que no se había visto obligada a aceptarlo, pero en realidad no sabía lo que estaba aceptando.

La mano que acariciaba su trasero se detuvo cuando él comenzó a hablar y ella escuchó atentamente su siguiente pregunta.

"De las seis chicas aquí esta noche, cuéntame de cada una de ellas talentos especiales como las viste".

Sabía que solo había cinco chicas, pero no le gustaba corregirlo mientras estaba en una posición tan vulnerable, así que comenzó:

"Shaky es muy parecida a un cachorro. Creo que Cinthia es un pony. Amy es muy infantil. Anne es una tetona bomba rubia. Samantha me desconcertó, pero creo que es una bailarina y que se mueve con mucha gracia".

Ella giró la cabeza para mirarlo con esperanza.

Golpeó su trasero con fuerza dos veces.

"Anne, como tú, mi pequeña Susy, está excitada por el dolor de una manera que la mayoría de las esclavas no disfruta. Samantha, por ejemplo, no se excita por el dolor o el castigo en absoluto. Su placer proviene de complacer a su Amo. Y brilla en la forma en que sirve, bailando. Su Amo sigue el estilo de vida de los orientales". Su mano se cernió de nuevo y levantó una ceja, "¿y la sexta?"

Se mordió el labio con el ceño fruncido mientras su mente corría tratando de averiguar a quién había extrañado en su respuesta.

Ella observó su sonrisa mientras su mano descendía de nuevo.

Ella gritó y soltó:

"No entiendo ya que solo había cinco chicas".

La golpeó de nuevo cuando respondió:

"Olvidaste a la esclava más importante, ¡La mía!" Su mano descendió nuevamente para marcar su punto. "Estabas allí, ¿no?"

Ella se volvió y gritó:

"Sí, Amo, pero no soy especial, no tengo ningún talento especial".

Ella bajó la cabeza dejando caer las lágrimas.

Su corazón dio un vuelco, ella realmente era tan inocente e ingenua, tan especial en su necesidad de complacer y servir que soportaba todas las demandas que él le había hecho y aceptaba sus castigos casi voluntariamente.

Ella era, con su rubor y dulce disposición, el epítome de una ingenua y ni siquiera se daba cuenta.

Su dulce princesita en público y su puta amante del dolor en privado cuando él lo deseaba.

"¿No te he dicho en toda la semana que eres especial? ¿Qué es especial mi deseo por ti y la necesidad de ser dueño de ti? Habiendo conocido a algunos de mis amigos, ¿crees que les presentaría a una esclava que no era especial?" Casi rugió el último, haciéndola temblar y su mente tambaleándose en confusión.

Susan gimió.

"Sí Amo, quiero decir no Amo, Oh ..." gritó, "No sé a qué me refiero".

Su mano continuó descendiendo sobre su culo ahora rojo haciéndola gemir más, el calor recorriendo su cuerpo mientras la azotaba le hizo frotar su barriga sobre su regazo al sentir su dureza crecer y su coño restregarse en su muslo.

Ella cerró los ojos jadeando y gimiendo ruidosamente.

El calor, el dolor y la sensación de él enviaron espasmos a través de su cuerpo.

Justo cuando estaba a punto de correrse, él dejó de colocar su mano pesadamente en la parte baja de su espalda sosteniéndola en su lugar para que no pudiera moverse.

"Y tu siguiente pregunta es ..."

No podía pensar con claridad, su necesidad de correrse era tan urgente que su cuerpo temblaba y gimió.

"¿Qué es lo que quieres en este momento y necesitas pedir a una pequeña zorra?"

Sintió que el intenso rubor de vergüenza la cubría mientras expresaba su necesidad:

"Por favor, Amo, necesito correrme, déjame correrme".

Era la primera vez que la hacía preguntar y fue como un obstáculo final que ella había saltado sin esfuerzo.

Levantó la mano dándole movimiento y comenzó a azotar las firmes mejillas redondas de nuevo, su mano rebotando en la superficie roja cuando ella se estrelló contra su muslo y su polla.

La deseaba tanto que dudaba que pudiera esperar la semana para tomarla, pero necesitaba esperar para asegurarse de que se quedaría.

Ella se puso rígida y dejó escapar un chillido largo y jadeante mientras movía la cabeza nadando con dolor y placer.

Su coño palpitaba el semen que tanto había necesitado, que parecía disparar corrientes de placer a través de su cuerpo como disparos mientras continuaba corriéndose por un largo tiempo.

Finalmente cayó flácida sobre su regazo.

Él la levantó y la acunó en sus brazos.

Mientras ella recuperaba su pequeño cuerpo temblando acurrucándose en sus brazos.

Él sonrió.

"Parece que azotar no es un gran castigo para ti, mi pequeña zorra de dolor. Ahora acabas de hacer una pregunta, así que supongo que es mi turno de nuevo".

Ella saltó y jadeó al darse cuenta de que el juego no había terminado y sacudió la cabeza para aclarar sus pensamientos.

Él ahuecó su barbilla e inclinó su cabeza hacia arriba para mirarla a los ojos.

"¿Cuánto dura una semana, Susy?"

La pregunta la sorprendió, se mordió el labio pensando que debía haber una respuesta alternativa a la obvia, pero no podía pensar en una, por lo que susurró:

"Siete días".

Él sonrió mientras observaba el amanecer de la comprensión en su rostro.

"Lo has hecho bien durante la primera mitad de tu semana, mi pequeña esclava". Dijo asegurándose de que ella supiera captar su significado completo.

"Siete días."

Ella repitió en un susurro.

Su mente divagó hacia los planes que había hecho para estar en la casa de sus padres este fin de semana para ayudar con una fiesta de aniversario y comenzó a morderse el labio con preocupación.

La observó cuidadosamente antes de preguntar:

"¿Tu última pregunta, Susy?"

Ella lo miró con ojos preocupados susurrando:

"Pensé ... quiero decir, asumí ... umm ..."

Lo miró a la cara sin leer nada en sus ojos para ayudarla a decirle que había asumido que su semana sería una semana laboral, solo cinco días, así que se animó a preguntar:

"¿Los esclavos tienen fines de semana libres?"

FIN